T0179018

Algún día te mostraré el desierto

Diario de paternidad

Renato Cisneros

Algún día te mostraré el desierto

Diario de paternidad

Algún día te mostraré el desierto

Primera edición en Perú: junio de 2019
Primera edición en México: noviembre de 2019

D. R. © 2019, Renato Cisneros

Parte de la serie Storytel Originals
Publicado de acuerdo con Pontas Literary & Film Agency

D. R. © 2019, Penguin Random House Grupo Editorial S. A.
Avenida Ricardo Palma 341, Oficina 504, Miraflores, Lima, Perú

D. R. © 2019, derechos de edición mundiales en lengua castellana:
Penguin Random House Grupo Editorial, S. A. de C. V.
Blvd. Miguel de Cervantes Saavedra núm. 301, 1er piso,
colonia Granada, alcaldía Miguel Hidalgo, C. P. 11520,
Ciudad de México

www.megustaleer.mx

Penguin Random House Grupo Editorial, inspirado en un proyecto original de Enric Satué, por el diseño

ISBN: 978-607-318-574-5

Impreso en México – *Printed in Mexico*

El papel utilizado para la impresión de este libro ha sido fabricado a partir de madera
procedente de bosques y plantaciones gestionadas con los más altos estándares ambientales,
garantizando una explotación de los recursos sostenible con el medio ambiente y beneficiosa para las personas.

Penguin
Random House
Grupo Editorial

Índice

A Julieta, que me enseñó a caminar

Confesarse a un ser humano o gritar en el desierto generalmente viene a ser lo mismo.

FRANZ KAFKA

PRIMERO

Pueden pasar muchos años sin que nos ocurra nada significativo ni memorable, nada que represente un verdadero quiebre o desafío, nada que nos obligue a la reinvención. Vivimos acostumbrados a rutinas programadas, sabemos de memoria la secuencia de cosas que pasarán o podrían pasar al voltear la próxima esquina o abrir la siguiente puerta; si no fuera porque el calendario —con sus números y nombres propios— les imprime a las semanas un orden cronológico convencional que acredita el paso del tiempo, juraríamos que cada nuevo día es en realidad una disimulada reiteración del anterior. El mundo es un río, ni siquiera eso, un afluente que atraviesa los mismos paisajes una y otra vez, y nosotros, absorbidos por tareas supuestamente impostergables, nos dejamos llevar sin objetar el curso de la corriente, sin detenernos a evaluar si acaso estamos a la deriva, rumbo a un remolino que tarde o temprano nos tragará. Podemos estar largos años así, en modo automático, en calidad de zombis o marionetas, pasando por la vida sin que la vida se percate.

Un buen día, sin embargo, cuando ya empezamos a resignarnos, a ser dominados por la monotonía o la mediocridad, el destino da un vuelco brutal. Hechos que nunca nos habían sucedido, que no creíamos que fueran a suceder ya, de los que siempre renegábamos porque nos resultaban esquivos pero en el fondo seguíamos anhelando, comienzan a producirse en simultáneo, en cascada, sin darnos chance a digerirlos, entenderlos ni asimilarlos. El giro es tan vertiginoso que parece lógico achacarlo a un asunto fortuito o milagroso, pero no, se debe a una exacta combinación de azares y decisiones conscientes, aunque de eso recién nos daremos cuenta más adelante. Las cosas no se comprenden mientras se viven sino después, a veces mucho después.

En mi caso, lo azaroso, lo providencial, fue conocer a Natalia.

Sucedió un sábado de julio de 2012, en medio de la ruidosa oscuridad de una discoteca. Ninguno de los dos pensaba ir. Ella se encontraba en una reunión —muy animada por lo que supe después— a la misma hora en que yo estaba en casa, en mi cama, recostado, viendo un drama romántico cuya trama, hasta ese momento impecable, comenzaba a decaer. De pronto recibí una llamada. Era mi amigo Raúl. Había quedado en verse en una discoteca con Valeria, la chica con quien por entonces salía, y me pidió acompañarlo, pues Valeria iría con una amiga. No recuerdo qué me dio más flojera: si ir a una discoteca que seguramente estaría atestada de gente, o ser parte de una de esas citas a ciegas que, por lo general, no prosperan. Pese a mis reparos iniciales acabé aceptando: aún era temprano y tenía ganas de salir, aunque sea para atronarme los tímpanos un rato.

Mientras nos dirigíamos a la discoteca en su auto, incluso cuando llegamos al local, bajamos por una larga escalera enroscada y dejamos los abrigos en el guardarropa, Raúl no hacía más que hablar de Valeria, de lo guapa que era, de los muchos deportes que practicaba, de lo bien que se vestía. Yo simulaba escucharlo: aún tenía la mente puesta en la película que había dejado a medias. Todas las imágenes de mi cabeza, no obstante, desaparecieron como una nube de polvo una vez que, llegados al punto de encuentro, Valeria me presentó a su amiga Natalia. No solo me pareció encantadora al primer trato, con una mezcla de belleza y modestia o timidez tan infrecuente en las chicas de Lima, sino que al cabo de unas pocas horas me sentí irradiado por algo que se desprendía naturalmente de ella. Me di cuenta de que me hallaba frente a un ser luminoso y singular que, sonará exagerado, estaba allí para cumplir una misión: salvarme, resocializarme, rescatarme del marasmo en que la inercia me había venido depositando.

En rigor, ya nos conocíamos de antes pero yo no lo recordaba. Varios años atrás habíamos coincidido en uno de los retiros espirituales de Confirmación para colegios femeninos de clase alta en los que yo tenía el descaro de participar como asesor y charlista, no tan interesado en preparar a las jovencitas para recibir el sacramento como sí en agenciarme el teléfono de cualquiera de ellas para, luego, invitarlas a salir. Más que encuentros religiosos eran emboscadas. No actuaba solo, evidentemente, sino coludido con un grupo de amigos. Todos polizones, inescrupulosos creyentes de ocasión que —convocados por una amiga exreligiosa, que nos tenía demasiado cariño como para sospechar de nuestras verdaderas intenciones— pasábamos espléndidos fines de semana lejos de la ciudad, en casas campestres con jardines enormes, donde rezábamos avemarías bajo la luz de las velas, nos arrodillábamos hasta sufrir calambres, cantábamos en ronda, tocábamos guitarra y panderetas, citábamos versículos de la Biblia, decíamos algunas generalidades que sonasen lógicas, siquiera inspiradas, atendíamos toda clase de dilemas adolescentes, y así nos ganábamos la confianza de trescientas colegialas guapísimas de dieciséis y diecisiete años que de otra manera quizá no habríamos conocido jamás. Muchas de ellas, por cierto, una vez llegado diciembre tenían la estupenda idea de invitarnos a sus fiestas de promoción, donde nuestro poco cristiano comportamiento solía causarles sorpresa y decepción. Pero esa es otra historia.

La noche de la discoteca, dentro del círculo en que nos encontrábamos con Raúl, Valeria y otros amigos que se sumaron luego, Natalia cometió el inocente desatino de recordar en voz alta que yo había asistido a su retiro preparatorio de Confirmación. No contenta con eso, ignorando el estropicio que iría a provocar, refirió que yo había ofrecido una «interesante» charla acerca «de Dios y el amor». El comentario activó enseguida las carcajadas de los demás, que no imaginaban que el periodista que se había declarado agnóstico en público en más de una ocasión y que no dudaba en burlarse en sus columnas periodísticas de las monsergas conservadoras del cardenal Cipriani, así como de los anticuados pronunciamientos de la Iglesia acerca de casi cualquier cosa, ese mismo, cargaba con un pasado parroquial convenientemente archivado, un capítulo clandestino de entusiasta feligrés, una vida anterior de pastorcito renegado. No solo detestaba hablar de esa etapa de mi vida sino que, en las poquísimas ocasiones que alguien la traía a colación, ponía todo mi empeño en negarla con cuajo, como si me avergonzara, como si no la hubiera disfrutado como la disfruté, como si durante esos años hubiese sido captado por una secta fanática y permanecido en calidad de rehén. Esa noche, ante las pruebas expuestas por Natalia, me resultó imposible rehusar mi pasado.

«¿No quieres vino de misa, mejor?», bromeó Raúl mirando mi vaso semivacío, provocando una risotada general que se mantuvo en el aire varios segundos dejándome desarmado, desnudo, pero también extrañamente resarcido, como si Natalia —al tocar un asunto que mis complejos habían convertido en tabú— me hubiese desenmascarado librándome por fin de uno de mis tantos fantasmas.

Aquella noche, sin embargo, lo memorable no fue esa revelación anecdótica, sino la manera tan placentera en que fluyó nuestra conversación. Natalia me contó de su infancia en Montreal, de su hermana —Milena, diseñadora industrial, que acababa de mudarse a Bruselas—, de lo divertidos que fueron sus años en la facultad de Medicina, de su trabajo excesivamente oficinesco en la industria farmacéutica, de su abuela arequipeña descendiente de italianos, de sus amigas regadas por el mundo, de su perra ciega y diabética. Aun cuando a ratos exudaba algo cercano a la ingenuidad, sus palabras dejaban entrever el tono seguro de una mujer de veintisiete años que ha visto el mundo más de cerca que la mayoría. Por mi parte, le hablé del viaje a Europa que estaba por emprender, de la novela que venía escribiendo, de lo entusiasmado que me había dejado la última película de Tarantino, de lo aburrido que podía ser, a veces, presentar noticias en la televisión. Los temas iban y volvían. Por momentos, debido al estridente volumen de los parlantes, me acercaba a su oído para que me escuchara mejor y, una vez ahí, fascinado por su proximidad y por el perfume que se desprendía de su cuello, procuraba extender mi soliloquio yéndome por las ramas y, aun cuando sentía que ella era receptiva a ese movimiento, descartaba de plano la idea de intentar besarla, pues intuía por alguna razón que no lo consentiría y quise respetar eso, o tal vez quise merecer sus besos, es decir ganármelos, no robárselos a la mala, como había hecho en tantas otras ocasiones. No quería repetir uno de esos besos insípidos, producto de los vaivenes del alcohol y la noche, de los que a la mañana siguiente te sientes menos orgulloso que arrepentido.

Nos quedamos hasta las seis de la mañana charlando sobre esto y lo otro, chocando nuestros vasos casi siempre por iniciativa mía, y bailando desde *hits* rockeros de los ochenta hasta unos infames popurrís de salsa, merengue y vallenato cuya letra, me fijé, ella parecía conocer de memoria. Para descansar salíamos a tomar aire a la terraza de la discoteca, que por estar ubicada en medio de unos altísimos despeñaderos en medio de la bahía de Miraflores nos ofrecía una magnífica vista panorámica de la playa de Chorrillos. Hacía frío pero no parecía el típico invierno limeño. Cuando comenzó a clarear y miramos alrededor, todos nuestros amigos hacía rato que se habían esfumado.

***

Aunque desde un inicio tuve gran química con Natalia, no quise envolverme en una relación tan pronto. Hacía seis meses nada más que mi última novia, Marisol, había terminado conmigo después de estar juntos tres años —una ruptura que, dicho sea de paso, merecí—. Era momento de estar solo. Me había portado mal con Marisol y aún no terminaba de perdonármelo. A la larga, si eres una persona mínimamente sensible, te agota más dañar que salir dañado. Te quedas bloqueado averiguando las razones que te llevaron a traicionar a esa persona que decías amar, a hacer pedazos un vínculo que parecía saludable e irrompible. Una noche, en un bar de Barranco, poco después de la ruptura, una íntima amiga de Marisol me encaró directamente. «¡No la busques más! ¡Es mucho para ti!», gritó. La gente volteó a vernos. Le sostuve la mirada hasta el final sin abrir la boca pero luego, con la mandíbula rebotando en el aire, me retiré al baño para recluirme en un cubículo. Ahí pasé los siguientes minutos remordiéndome, dándome tardíos golpes de pecho. Afuera se oían las risas, las conversaciones superficiales de un viernes por la noche, las canciones de rock alternativo que animaban el bar, canciones que tantas veces había bailado feliz hasta sudar pero que, ahora, solo servían de inesperada cortina musical para ese momento tan humillante. Alguien tocó la puerta pero no tuve suficiente voz para decirle que se largara. Sentí algo parecido a las náuseas. Apenas pude hui sin darle explicaciones a nadie. A la mañana siguiente entendí que estaba enfermo, no sabía bien de qué, pero sí que necesitaba curarme. Llegó el lunes y, aun cuando no tenía cabeza para otra cosa que no fueran las repercusiones de haber engañado a Marisol, traté de concentrarme en el trabajo y dedicar mi tiempo libre a viejos placeres desatendidos: leer, escribir, nadar, perderme por la ciudad en bicicleta con audífonos, sin dirección fija. También retomé mis visitas al psicoanalista y comencé a planear un viaje a Europa. Poco a poco fui ganando ánimo. Ocasionalmente salía por las noches, ya sea al cine, al teatro o a refugiarme en bares poco transitados, bares en realidad patéticos donde me hundía en largas borracheras y caía en severas recriminaciones que, aunque sea de modo pasajero, me aliviaban la culpa. Otras veces no salía y me quedaba encerrado en mi departamento de soltero viendo comedias o documentales que fallaban en su intento de rescatarme de la depresión y el victimismo. En un estado así lo último que quería era conocer a otra mujer, menos aún a una mujer como Natalia, con quien de atreverme a dar un paso más, lo intuía, lo percibía, sería un paso decisivo. En el fondo temía y deseaba lo mismo: ser redimido o purificado por ella. Una salvación tan inmediata, no obstante, me parecía imprudente, además de improbable.

Resolví apelar a una estrategia combinada que incluyera acercamientos y evasivas, así me mantendría, al menos durante un lapso, en una suerte de limbo físico-moral: ni tan lejos para sugerir indiferencia, ni tan cerca para delatar un afán; justo en la frontera, a salvo de juicios y reproches. No quería involucrarme con Natalia pero tampoco desaparecer del todo. Quería ganar tiempo hasta que el horizonte se despejase, hasta que mi duelo pasara. Al principio Natalia pareció tolerar de buena gana esa dinámica tan conveniente a mis intereses y accedió a verme cada vez que la busqué para ir al cine, comer, bailar, pasear o tomar un helado. Así pasamos el final del invierno, la primavera y la mitad del verano, sin presiones ni preguntas embarazosas, hasta que un buen día, un martes digamos, en medio de un almuerzo, ella acabó con esas vacilaciones pidiéndome que decidiera de una vez qué papel quería jugar en su vida. Entonces decidí. Decidí rápido. Y decidí mal. Le propuse «seguir saliendo», eufemismo que equivale a decir «vernos sin compromiso ni exclusividad». Pésimo. Barato. Después de largos segundos sin hablar, defraudada pero digna, ella me aclaró que no creía en ese estilo de compañía y, sin tocar un grano de arroz ni una partícula de carne del lomo saltado que acababan de servirle, tras dejar en la mesa un billete que excedía por mucho su parte del consumo, se puso de pie, me dio un beso en la mejilla, el beso más árido que he recibido nunca, y salió dando pasos cortos por la misma puerta por donde minutos antes habíamos entrado sonrientes, de la mano, como novios triunfales o algo así. Antes de abandonar mi campo visual se cuidó de dirigirme una mirada cuyo fondo no había necesidad de escrutar para descifrar el mensaje que traía inscrito, era el mismo mensaje o la misma palabra que hacía meses venía gritando mi voz interior: «cobarde».

Como era de esperar, mi deplorable juego táctico desató una devastadora guerra fría: hasta dos meses de llamadas sin contestación y mensajes sin respuesta o con respuestas lacónicas que dolían más que el propio silencio. Tan marcial ley del hielo surtió efecto y acabé reconociendo frente a todos lo que hacía rato ya había admitido ante el espejo: no podía estar sin ver a Natalia. Me gustaba, la quería, no podía seguir disimulándolo. Necesitaba hablar con ella, tocarla, darle un beso, es decir otro, porque para entonces ya nos habíamos besado no una sino varias veces y, si no habíamos avanzado más, era porque ella esperaba que existiera de por medio un vínculo más honesto, más seguro. Pero cómo hablarle ahora si, según las evidencias, ya no tenía el menor interés en que eso sucediera.

Una noche acudí con unos amigos a otra discoteca sin imaginar que la encontraría allí. Menos aún que la encontraría bailando y menos aún que bailaría con un tipo que era todo lo que yo no soy: espigado, musculoso, de aspecto sensato, con el que no era necesario hablar ni dos minutos para saber que ansiaba una vida de familia. Desde la barra me dediqué a observarla y, conforme el alcohol ingresaba a mi organismo, pasé a enviarle mensajes psíquicos para que no se dejara engatusar por ese sujeto que, podía verlo, ya tenía pensado proponerle un futuro juntos. Cuando estoy borracho se me da por la telepatía. Usé esos mismos poderes con él, deseando que de súbito sufriera un cólico renal, una gastroenteritis, una incontinencia urinaria, algo que lo apartara de su posición. Estaba celoso, resentido y enojado, no con ella, sí conmigo, por haberme convertido en el burdo cliché del individuo que se da cuenta de cuánto le importa una mujer recién cuando la ve con otro. Llegado un momento, pese a la exigencia de mis amigos de no moverme de mi sitio debido a mi notorio estado de ebriedad y mi clara inferioridad física, deduje que debía actuar y recuperar el terreno perdido. Escurrí mi cuerpo entre la multitud con el pretexto de ir al baño, caminé hasta la zona de baile y me ubiqué al lado de Natalia. Al verme brotar de sopetón, el tipo musculoso reaccionó como si hubiese visto una cucaracha voladora invadir su dormitorio. Ella, en cambio, se acercó de inmediato. «También me extraña», supuse, mientras la veía venir en cámara lenta. De pronto la oí decir «¿qué estás haciendo aquí?» con una muy poco empática actitud de comisario. Supongo que balbuceé unas disculpas y pretendí organizar el discurso descompaginado que traía en la mente, pero seguro lo hice con morosidad, arrastrando palabras e intercalándolas con hipos y eructos, porque Natalia pasó de escucharme con sorpresa a mirarme con lástima. «Estás un poco mareado», constató disgustada, arrugando la nariz. Yo la miré encandilado, seducido por su lenguaje tan delicado incluso en esas circunstancias. Pero si fue mala la idea de tomarle la mano, jalonearla e insistirle para bailar, fue atroz la de componer ahí mismo una coreografía que ninguna relación guardaba con el reggaetón que sonaba de fondo. Ya lo de trastabillar y caer sentado con las piernas en cruz fue la gota que rebalsó el vaso. Mis amigos surgieron de la penumbra a tratar de salvarme, pero no había cómo: el ridículo se había consumado. Lo último que vi desde el suelo fue cómo Natalia desaparecía de la mano del fortachón.

Recién a los dos días, pasada la resaca aunque no la vergüenza, fui a tocar el timbre de la casa de Natalia con una caja de mazapanes en la mano. Líneas arriba dije que ciertos acontecimientos son resultado no de eventuales golpes de suerte, sino de la suma de azares puntuales y decisiones conscientes. Ir a buscar a Natalia esa tarde, hablarle con franqueza y poner todas mis cartas sobre la mesa no fue una decisión impulsiva, fue a todas luces una decisión consciente, meditada, que ayudaría al destino a materializar su milagro.

***

Dos años después fijamos fecha para nuestro matrimonio. Los primeros en ser informados fueron Valeria y Raúl, casuales artífices de que Natalia y yo nos conociéramos o reencontráramos. Hacía tiempo que ya habían dejado de salir, incluso tenían otras parejas, pero igual aceptaron gustosos el pedido de leer juntos un testimonio en nuestra futura boda.

Antes de eso ya habíamos resuelto venir a vivir a España: Natalia para seguir una especialización médica en un hospital, yo para escribir mi siguiente novela y ganarme la vida con cualquier cachuelo periodístico. Pero, más que eso, y sin imaginarlo, vinimos a Madrid a inaugurar otra vida, una vida paralela.

Recuerdo el anuncio de nuestro noviazgo allá en Lima, en abril de 2015. Fue un viernes, al cabo de una cena en nuestro restaurante favorito. Esperé a que termináramos los profiteroles con helado de lúcuma para ponerme de pie, tintinear mi copa con una cucharita en falso además de formalidad, ofrecer una breve alocución frente a ambas familias y entregarle a Natalia un anillo de compromiso que, luego me di cuenta, fue larga e impúdicamente inspeccionado por las mujeres ahí presentes. Fue una gran noche.

Brindamos con champán, hicimos promesas, contamos anécdotas y tomamos más fotos de las que sería posible sentarse a ver a lo largo de una tarde.

Las semanas y los meses siguientes estuvieron cargados de trajín y novedades: renuncié al trabajo en la radio y televisión, alquilé mi departamento a un ingeniero francés y su esposa ecuatoriana, me mudé temporalmente a casa de mi madre, vendí mi automóvil. Hubo más. Se publicó la novela que escribí acerca de mi padre, nos trasladamos aquí, a Madrid, nos establecimos en el castizo barrio de Chamberí, hicimos nuestros primeros viajes por Europa como novios y, muy poco después, volvimos a Lima para la boda civil y la ceremonia religiosa con su legendaria fiesta de celebración. De ahí vino la luna de miel en un balneario del norte peruano y, casi enseguida, el retorno a España.

***

En el pasado yo no quería tener hijos. Un episodio vivido más de quince años atrás con una chica lo ilustra bien. Técnicamente no éramos novios pero hacíamos todo lo que hacen los novios. Una noche, en un hostal al paso, después de haber tenido relaciones, me percaté de que el preservativo no estaba en su lugar sino en el otro extremo de la cama. Cómo fue a parar allí es un misterio. Lo que sé es que perdí el control y, nervioso, empecé a promover la urgencia de ir cuanto antes a una farmacia de turno para comprar la novísima «píldora del día siguiente». Ella me pidió varias veces que me tranquilizara, que no perdiera la calma, pero era en vano: la posibilidad de ser papá en ese momento de mi vida me producía escalofríos, temblores, conatos de fiebre.

Nos vestimos como pudimos y estacioné el auto de mi madre en la primera botica abierta. Estaba como poseído, fuera de mis cabales. Regresé con un vaso de tecnopor en la mano y prácticamente la obligué a ingerir el comprimido. «Estás poniéndome muy tensa», dijo ella un segundo después de deglutirlo. «Es que, imagínate, un hijo», dije exhalando; debí hacerlo con un matiz repulsivo, porque en su cara, de la nada, brotó un gesto de mortificación. Fue ahí cuando me acusó de estar tratándola como a una cualquiera, como si no fuera mi novia. No se me ocurrió mejor cosa que aclararle que no éramos novios. Enseguida le hice ver que un hijo frustraría su incipiente carrera universitaria, además de arruinar «todos mis proyectos personales». Lo dije así, con gran seguridad, como si tales proyectos existieran. Minutos más tarde, mientras manejaba sin rumbo concreto, nos aventuramos en una acalorada discusión sobre todos los tópicos imaginables: desde la falta de protección, pasando por el tipo de valores morales con que nuestros padres nos habían formado, hasta analizar qué ocurriría si la píldora no funcionaba. Cuando ella mencionó esa posibilidad, frené en seco, viré el timón a la derecha, orillé el auto y le espeté:

«Si eso pasa, haremos algo al respecto. Supongo que estarás de acuerdo».

—¿Hablas de abortar? —me interpeló con los ojos abiertos de asco o desengaño. Acto seguido, sacó a relucir el repertorio de sus inviolables convicciones cristianas, convicciones que ella suponía mías, en tanto nos habíamos conocido en su retiro de Confirmación.

Tuve que interrumpirla.

«Métete esto en la cabeza: no quiero tener un hijo». Lo dije con énfasis, reprimiendo un grito.

Por un minuto, toda la frialdad de mi actuación me hizo irreconocible hasta para mí mismo. Como no podía ser de otra manera, ella se quebró en pedacitos. Solo ahí, mientras era testigo de su llanto, de la tristeza que la acritud de mis palabras le producía, entendí que me había convertido en un canalla. Pero un canalla con convicción. No quería ser padre y estaba dispuesto a comprar todas las pastillas que fuesen indispensables para evitarlo. Cada vez más alterados, comenzamos a lanzarnos adjetivos con el hígado revuelto, tratando de cerrar una herida que no hacía sino abrirse más y más.

—¡Llévame a mi casa! —vociferó ella entre resuellos, girando la cabeza hacia el vidrio, en un esfuerzo por darme la espalda.

Manejé en medio de uno de esos exasperantes silencios de pareja en que ninguno de los dos abre la boca pero ambos acumulan pensamientos, envenenándose con conjeturas, cerrándose en su posición, jurando no dar su brazo a torcer. Conforme avanzábamos por calles y avenidas en la noche negra de Lima me fui dando cuenta de que no estaba furioso, sino espantado de verme envuelto en un aprieto como ese. Nunca antes me había visto forzado a pedirle a una mujer que tomara una píldora. Nunca me había fallado un preservativo. Nunca había propuesto un aborto. Ahora tenía pánico y no sabía cómo sacármelo, ya no solo de la mente, sino del cuerpo.

Cuando llegamos a su casa, ella bajó del auto sin decir nada, rumiando residuos de llanto y, antes de dar un portazo que descuadraría la puerta (y por el cual mi madre al día siguiente me resondraría), me soltó una advertencia que me petrificó: «¡Lo voy a tener yo sola!».

Mis manos se negaban a soltar el timón.

Dentro del auto el ambiente era muy pesado. El eco de esa frase, como un perfume agrio, se quedaría un buen rato conmigo. Yo no daba crédito a lo sucedido: hacía sesenta minutos era un chico cualquiera de veintitantos años que entraba con su chica a un hostal. Ahora era un padre desalmado que, incapaz de asumir su responsabilidad, abandonaba a su hijo a su suerte.

Conduje hasta mi casa sin saber cómo. Era el cuerpo el que giraba el volante, maniobraba la palanca de cambios, activaba las señales, y pisaba los pedales para aumentar o aminorar la marcha. Mi mente, en cambio, era un muro negro, una pantalla salpicada por dos imágenes que se alternaban con rapidez: el padre de ella apuntándome con una escopeta, y yo bautizando a una criatura que no deseaba, pero a la que, cómo no, acabaría dando mi apellido. Después de todo, pensé más tarde en mi habitación, no era ningún pelele sin oficio, tenía dónde caerme muerto, así que, si el embarazo era inminente, me tocaría ponerle cara al asunto y aceptar mi nueva condición.

Durante las semanas que siguieron sentía que el mundo me enviaba señales incesantes que me mantenían en vilo. Palabras como «papá», «bebé», «chupón» o «pañales» se repetían todo el tiempo en conversaciones propias y ajenas. Y cuando caminaba por la calle y por algún motivo decidía levantar la mirada, me daba con avisos publicitarios de grandes dimensiones alusivos a niños, biberones o leche materna. No sé cómo no enloquecí. Una noche, finalmente, ella, la chica que no era mi novia pero casi, me llamó al celular para avisarme que le había vuelto la regla. Me encontraba en una cantina abarrotada y ruidosa, así que le pedí hasta en cuatro ocasiones que levantara la voz y reiterara la buena nueva. Solo cuando estuve seguro del mensaje emití un gruñido de alivio que luego se convirtió en una exclamación de triunfo y dio pie a una imparable escalada de brindis con cualquier parroquiano.

***

¿En qué momento cambió mi opinión en lo que atañe a la paternidad? ¿Por qué antes la desdeñaba y ahora la admito? ¿Es solo que crecí y me hice mayor? No lo creo. Si así fuera, ver a mis mejores amigos casarse y tener hijos pasados los treinta años hubiese despertado en mí algún antojo por imitarlos, pero ese no fue el caso, es más, me alejé de ellos porque dejamos de tener intereses en común: sus conversaciones acerca de las pocas horas que dormían, de las montañas de caca que limpiaban y de lo precoces que eran sus bebés para hablar y caminar me resultaban soporíferas. Ya no teníamos temas que nos identificaran salvo los recuerdos que habían fundado esas amistades que ahora tambaleaban. Su felicidad, en lugar de resultarme contagiosa o inspiradora, me parecía peligrosamente monótona. En esa época podía estar nublado para un sinfín de temas, pero tenía clara una cosa: no quería ser esposo, mucho menos papá.

¿Qué sucedió con aquella renuencia? ¿Cuándo mutó o sucumbió? Lo he pensado cientos de veces y la respuesta que me doy siempre es igual. Si hubo algo decisivo que hizo brotar en mí las ganas de ser papá o, mejor dicho, que abolió las ganas de no serlo, fue la escritura de la novela sobre mi padre. Su escritura y posterior publicación. En resumidas cuentas: necesitaba escribir ese libro como quien necesita extraerse un tumor de gran magnitud. Necesitaba escribir un libro sobre su muerte. O más bien, sobre su vida antes de mi llegada al mundo. O sobre todo eso a la vez.

Cuando mi padre falleció debido a un cáncer de próstata que hizo metástasis, yo tenía dieciocho años. Desde el primer día supe que aquel evento iría a transformar mi carácter, mis ideas, mi escritura, pero solo una década después, a raíz de una sesión de psicoanálisis de la que salí con la impresión de no conocer a mi padre en absoluto, de que mis recuerdos con él y los relatos que sobre su vida había oído desde chico ya no cubrían ni la milésima porción del ahora ignoto territorio de su identidad, sentí una avidez intestina por examinar su pasado, en especial los años que vivió en Buenos Aires, donde nació y permaneció hasta cumplir los veintidós. La ansiedad me carcomía y no me dejó tranquilo hasta que puse manos a la obra. Entrevisté a decenas de personas, recabé documentos, hice averiguaciones inoportunas tratando de alcanzar cierta verdad acerca de él.

Mi padre fue un militar muy importante e influyente en el Perú, con fama de inflexible, de represor, de golpista.

Admiraba a dictadores asesinos. Participó en la última dictadura militar y le tocó ejercer altos cargos políticos cuando los grupos terroristas se levantaron en armas. Nunca hablaba de su trabajo. Para sus hijos diseñó una educación afectuosa pero estricta. Era un señor serio, callado, divertido cuando quería, pero muy hermético, a veces infranqueable. Ocho años me tomó investigarlo. Pudieron ser nueve, diez o quince, pero llegó un día en el que simplemente sentí que tenía información suficiente, o que no quería saber más. Creo que al enterarme de algunos de sus secretos, miserias y dolores, al nombrar en la narración por primera vez los sentimientos contradictorios y fisuras que él generaba en mí, dejé de ser el hijo huérfano que había sido hasta ese momento y pasé a otro estatus, no sabría señalar cuál, pero algo más parecido a un amigo. Un amigo lejano. Un amigo póstumo.

La novela comenzó a suscitar comentarios no bien se publicó. Por un lado, los críticos celebraron su aparición y los lectores agotaron la primera edición en cuestión de semanas, todo lo cual me produjo satisfacción pues nunca antes el círculo literario me había tratado tan elogiosamente. Por otro lado, debí lidiar con reacciones negativas de algunos parientes, entre ellos mis tres hermanos mayores, los hijos del primer matrimonio de mi padre, quienes me hicieron saber por distintas vías lo desencantados que se sentían con el libro, en particular con la manera, según ellos injusta, en que me había referido a su madre. No he vuelto a cruzar palabra con ninguno de los tres.

Sé que si no hubiese escrito esa novela, mi hija hoy no estaría en camino. Necesitaba descifrar o procurar descifrar el enigma de mi padre antes de convertirme en padre. También sé que, si no hubiese conocido a Natalia, difícilmente me hubiese planteado tener hijos: desde el primer minuto noté algo en su forma de ser y actuar que me hizo pensar que, si algún día los buscaba, sería con alguien como ella o con ella directamente.

Pero hay un factor más, un factor preponderante que explica por qué me embarqué tan decididamente en esta aventura. Venir a vivir a España. O, al revés, dejar de vivir en Perú, es decir, en Lima. Lima no me invitaba a la paternidad sino a la soledad, la distracción, la bulla, la confrontación, la angurria, el confort peligroso, el egoísmo elevado a la enésima potencia. ¿Uno puede cambiar su forma de ser según el punto geográfico donde se encuentre? En mi caso, sí. En Lima, la ciudad más gris del mundo, solía ser un tipo mezquino, confiado, sin ambiciones relevantes.

El destierro, en cambio, incluso si es voluntario, te vuelve osado, arriesgado, resistente. Aquí en Madrid poca gente nos conoce. No hay familiares que se entrometan, opinen, comenten ni invadan periódicamente nuestra privacidad. Aquí nos regimos por corazonadas, aprendemos según los errores que vamos cometiendo y nuestras decisiones casi no se contaminan de la opinión de terceros. Los amigos están, pero no se inmiscuyen. Creo que somos mejores personas aquí, o al menos yo lo soy.

Uno de los aspectos más positivos del exilio es que te obliga a aceptar tu condición intercambiable. Poco a poco compruebas que allá, en el lugar que dejaste, donde naciste y pasaste tus primeros cuarenta años, no eras en absoluto imprescindible. Te enteras de que tu jefe encontró reemplazo para tu puesto, alguien tal vez más competente que tú. También ves que tus amigos se las arreglan perfectamente sin ti y a veces —guiándote por las fotografías de sus redes sociales— hasta te parece que ahora se divierten más. Incluso tu familia se acostumbra a que no estés, y lo hace más rápido de lo que pensabas. Muy pronto captas que vivir fuera es volverte invisible donde solías ser demasiado visible. Es como morir de golpe pero sin causar dolor a nadie. Eso es el exilio: un entrenamiento para que, el día que mueras, a tus parientes y conocidos no les cueste lidiar con tu ausencia.

***

En un primer momento, Natalia y yo habíamos visto conveniente dejar pasar dos años después de casarnos antes de pensar en hijos. Era un tiempo ideal para estar solos, hacernos sólidos como pareja, viajar y conocer, no sé, Tailandia, Japón, Turquía, Indonesia y otros lugares exóticos de los que hasta llegamos a comprar guías turísticas. Una noticia, sin embargo, alteró nuestros planes. Milena, la hermana menor de Natalia, estaba embarazada; ahora vivía en Berlín con Sayid, el geriatra libanés con quien se casó pocos meses antes que nosotros.

Desde que Natalia se enteró de las novedades, cambió su postura y empezó a consultar diariamente el reloj biológico.

—¿Y si lo buscamos antes? Ya tengo treintaiuno —sondeó con timidez una tarde.

La timidez daría paso a la persistencia y la persistencia a la convicción. Con las semanas, lo que al inicio parecía una vaga sugerencia discutible devino en una orden a rajatabla. «¡Buscaremos un hijo ahora mismo!», le oí decir una mañana. Cuando indagué por las causas de tan repentino reajuste en nuestro calendario marital, se me ofreció un abanico de razones, desde científicas, como el decaimiento de la calidad de mis espermatozoides, hasta sentimentales, como que no había nada más hermoso en el mundo que dos primos hermanos creciendo en paralelo, uno en Berlín, otro en Madrid. «Es nuestro sueño desde que éramos niñas, tener hijos al mismo tiempo», se sinceró una noche Natalia. No me quedó más alternativa que ir por una cerveza al bar más cercano antes de depositar en el basurero las guías de todos esos países mágicos que, al menos en los meses entrantes, ya no iríamos a conocer.

La búsqueda empezó poco después de haberla «acordado» y, la verdad, fue implacable. Mi esposa no me dio tregua ni descanso. Al cabo de dos meses de ensayos diarios, vespertinos y nocturnos, sus ansias reproductivas me tenían extenuado. Había algo claramente animal en su proceder.

No recuerdo, a lo largo de toda mi vida, haber seguido un cronograma de ningún tipo con tal religiosidad. En algún momento de aquella intensiva campaña natal, la exigencia física medró mi performance. Comencé a sufrir una penosa disfunción eréctil que solo contribuyó a atizar el ya enrarecido ambiente doméstico. Algunas noches me encerraba en el baño, frustrado, mirando mi desnudez con preocupación, pensando muy serio que, tal vez, mi organismo reaccionaba con laxitud porque mi cerebro estaba rehuyéndole, una vez más, al reto de la paternidad. Por instantes el espejo parecía devolverme la imagen de aquel veinteañero paralizado ante la idea de tener que encargarse de un hijo, pero luego ese fantasma se difuminaba para dar paso al hombre de cuarentaiuno convencido de traer una criatura al mundo.

Con algo de concentración y unas técnicas de respiración que encontré en Internet recobré mi autoestima y retomamos la placentera rutina de ensayos. Las discusiones fueron quedando atrás, aunque no remitieron del todo. En su afán por quedar embarazada, Natalia comenzó a imitar los protocolos de su hermana y, dado que ella y Sayid practican el vegetarianismo y en su día dejaron de consumir grasas, carbohidratos y bebidas alcohólicas para quedar limpios antes de la gestación, mi esposa decidió que nosotros también debíamos cumplir una dieta idéntica. Lo decidió unilateralmente, sin previa coordinación. Las pizzas de salame, las tortillas de papa, las hamburguesas royal, los arroces caldosos, jamones y pancetas que constituían nuestra sabrosa alimentación semanal dieron paso a austeras ensaladas, delgadas lonjas de pavo hervido, insípidos brotes de coliflor. Toleré el nuevo régimen con la entereza de un apóstol hasta que capté que se trataba de una cruzada nutricional que no nos llevaría a ninguna parte.

Un viernes, después de jugar al fútbol en el Parque del Retiro, llegué a casa con descomunales ganas de tomarme la cerveza que por la mañana había colocado estratégicamente en la zona más fría del refrigerador. Grande fue mi desengaño cuando, tras remover botellas de leche sin lactosa, envolturas de lechuga romana, atados de cebolla china, calabacines orgánicos y todo ese arsenal de comida para conejos en que se había convertido nuestro antes generoso frigorífico, no solo no encontré la cerveza que estaba segurísimo de haber escondido allí sino que, en su lugar, hallé una sospechosa botellita de zumo surtido natural sin azúcar. Exploté. Monté en cólera, atravesé el pasillo del apartamento y encaré a Natalia en medio de la sala para decirle todo lo que venía pensando desde días atrás: que estaba harto de que copiáramos métodos ajenos, que no podíamos dejar de ser nosotros mismos, que si queríamos concebir un hijo debíamos recurrir a un ritmo y estilo propios, y que ya estaba bueno de caprichos, dietas y supersticiones. No estaba dispuesto a transigir más. Ella se tomó el vientre y agachó la cabeza. Acto seguido, salí del edificio, crucé decidido al otro lado de la calle, compré seis latas de cerveza importada en la bodega y fui a buscar a mi buen amigo Gustavo, que vive a dos cuadras y se muestra siempre muy colaborador cuando se trata de conversar sobre nuestras querellas conyugales, más aún si hay alcohol de por medio. Le conté mi problema y, para desechar la posibilidad de estar actuando mal, le consulté si su esposa también había condicionado la concepción de su hijo con pedidos así de antojadizos, privándolo hasta de sus pequeños vicios. La respuesta de Gustavo no dejó lugar para mis dudas: «Yo a mi hijo lo hice borracho».

Un sexto sentido me dice que esa misma noche, relajado por el alcohol que traía en la sangre, y tras dos largos meses de intentos fallidos, cuando menos lo esperaba, contra todo lo que el cronograma prometía, después de una bonita reconciliación, mi esposa quedó embarazada.

Claro que eso recién lo sabría días más tarde, durante un viaje lejos de Madrid, en una mañana muy fría cuya temperatura, puedo sentirlo ahora mismo, súbitamente se elevó.

***

SEGUNDO

Esa mañana de diciembre de 2016, al salir del baño envuelta en toallas, Natalia se encontró frente a frente con mi cara de palo. Cómo no iba a estar molesto: hacía más de veinte minutos que debíamos haber entregado las llaves del departamento en la recepción y tomado el taxi rumbo al aeropuerto de Cracovia para volver a Madrid. Soy un impuntual redomado, el peor, el más desconsiderado, menos en una circunstancia concreta: cuando tengo que tomar un avión. El temor de perder un vuelo por propia negligencia y quedarme varado hasta el día siguiente es más fuerte que mi congénita propensión a la tardanza. Esa mañana, sin embargo, nuestro retraso no era la única explicación a mi malhumor.

Habíamos pasado los últimos días entre Alemania y Polonia recorriendo memoriales de la Segunda Guerra Mundial; una experiencia didáctica que desde hacía años perseguía, solo que ahora que la habíamos concluido el entusiasmo original había devenido en pesadez, sobre todo después de visitar Auschwitz. Tras conocer los museos de Berlín que narran el genocidio judío, y de leer en simultáneo la poderosa *Trilogía de Auschwitz* del italiano Primo Levi, llegué a Cracovia creyéndome listo para pisar el más grande de los campos de concentración y exterminio levantado por los nazis. Pronto me daría cuenta de que nunca se está listo para una experiencia como esa. En Auschwitz todo lo que ves, tocas y respiras está impregnado por una aureola de terror: la reja siniestra con el letrero «El trabajo los hará libres»; los estrechos bloques en cuyas oficinas y laboratorios los prisioneros eran sometidos a todo tipo de vejaciones y experimentos; las barracas, que más parecen establos de animales, donde había que apiñarse para dormitar en busca de un sueño que no llegaba; las horrendas cámaras donde se gaseaban a hombres, mujeres y niños, y los escalofriantes hornos donde se cremaban sus restos. Recorrer esos ambientes es grotesco, turbador. Lo que no impacta, ofende, y lo que no ofende, repugna.

Recuerdo también lo mucho que nos sorprendió o más bien fastidió ver a más de un turista tomándose *selfies* frente a, por ejemplo, las vitrinas que exhiben pertenencias incautadas a los judíos o, incluso, delante de las tétricas chimeneas. Pensé en «White Bear», ese capítulo de *Black Mirror* en el que los testigos de la persecución a una mujer, en lugar de auxiliarla y librarla de su captor, prefieren filmar los hechos, indolentes, fascinados con la tragedia.

Setenta y tantos años después de que las tropas soviéticas liberaran Auschwitz, el campo seguía allí, como un infierno desalojado, advirtiéndole a todo aquel que se acercaba que la humanidad no está exenta de repetir sus episodios más abominables. Primo Levi lo señala casi textualmente en el primer capítulo de su libro: «Esto ha pasado y, por lo tanto, puede volver a pasar».

Aquella visita, realizada justo el día previo a nuestro retorno a España, me había dejado literalmente doblegado, abatido, con una sensación fúnebre difícil de quitarse de encima. Por eso al caer la noche, buscando quizá balancear o bloquear todo lo visto y sentido, le propuse a Natalia cenar en Pimiento, un restaurante argentino del centro de Cracovia al que había echado el ojo la tarde anterior, durante nuestra primera caminata por la ciudad. Accedió. Fuimos. Pedí una carne jugosa, doble ración de papas fritas, ensalada y una botella de vino. Quería darme un festín igual al que se daría un condenado a muerte la noche anterior a su ejecución. En un momento dado invité a Natalia a brindar. «Salud por estar vivos», le dije y bebí un trago largo. «¿Estás bien?», me preguntó ella, seguramente alarmada ante mi repentina solemnidad. Sonreí con flojera. Por supuesto que no estaba bien y, pese a que había prometido por dentro no contagiarle mi pesimismo ni malograr la velada, no me contuve. De buenas a primeras pasé a referir el drama de las innumerables familias judías destrozadas por la guerra y el odio racial, y a recordarle el horror con que habíamos estado en contacto a lo largo de toda la semana. «¿Te das cuenta?», empecé diciendo, «tenemos suerte de haber nacido en otro lugar, en otra época, en otro continente», proseguí, sin dejar de recalcar que tampoco esa suerte garantizaba nada pues el dolor, la enfermedad, la fatalidad y la muerte estarían siempre al acecho, así que debíamos actuar sin miramientos, sin hacer planes ni pensar en el futuro, aprovechando cada segundo, cada partícula de aire, como si todos los momentos fuesen el último. «No vale la pena perder el tiempo en discusiones, al final la existencia es un azar que dura tan poco, todo está expuesto a la maldad», concluí desengañado, haciendo alarde del supuesto conocimiento recién adquirido. Los comensales de otras mesas se giraron en dirección a mí. Natalia me observaba sin decir palabra pero su mirada era una acusación de locura. Antes de finiquitar mi oscura perorata di paso a una retahíla de lugares comunes: «la vida no es justa», «la vida no tiene sentido», «la vida no vale nada», «la vida no basta». Encima era 30 de diciembre, el penúltimo día de 2016, de modo que mis palabras y mi estado de ánimo estaban empapados de esa irremediable melancolía con que se vive el fin de algo.

La angustia me duró incluso hasta la mañana siguiente, la mañana de nuestra partida, y se fue atizando conforme se acercaba la hora del vuelo y Natalia, encerrada en el baño, no parecía caer en la cuenta de que tenía el equipaje cerrado y la paciencia colmada. Me puse furioso al verla en toallas. Llevaba una en forma de turbante y otra alrededor del cuerpo que asemejaba a un sudario. Mi expresión colérica, sin embargo, se deshizo al ver lo que traía en la mano. Era un objeto pequeño, alargado y aparentemente metálico que al principio confundí con un termómetro. Solo cuando lo tuve a un centímetro del rostro entendí que era un test de embarazo. Recuerdo que dejé caer las maletas; a decir verdad, todo se soltó de su sitio. Y cuando un segundo más tarde observé la marca indeleble que indicaba lo evidente sentí que algo dentro de mí se extinguía o más bien se contraía o mutaba. Ahí sí que me hubiese venido bien tener cerca un termómetro porque la temperatura comenzó a escalar dentro y fuera de mi organismo. En la ventana, la gélida y callada Cracovia parecía de pronto una ruidosa ciudad caribeña donde estaba por inaugurarse un carnaval. Las nubes escamparon, el sol relampagueó, las aves volaron en todas direcciones. Un momento después renació el frío, el viento gris, la luz decrépita, las palomas inmóviles. Fue tan súbita la mezcla de felicidad, pánico, dicha e incertidumbre que solo atiné a abrazar a Natalia como quien se aferra, en medio de un tsunami, a la última palmera en pie. «Ahora sí, ahora sí», pensé, sin saber muy bien a qué me refería.

No me gusta ceder ante el pensamiento mágico, ni darle una tendenciosa sobrelectura a los acontecimientos (odio la expresión de consuelo «todo pasa por algo»), pero ese día me sentí objeto de un reclamo irónico del destino. Ese test positivo era una metáfora de la vida o, más bien, la vida misma encarándome, pechándome, dándome una lección, refutando mis aseveraciones pesimistas de la noche anterior, demandándome «qué diablos sabes tú de mí» o «quién te crees para ponerme en duda». Había estado tan cerca de los relatos de la muerte, me había ensombrecido tanto escuchándolos y, de pronto, como una antorcha que desbarata la penumbra, la noticia de la vida, de una vida —la vida de mi hijo o hija convertido en célula— irrumpió para salvarme y recordarme que no sabemos nada del destino como para andar por ahí subestimándolo.

Me vi tan interpelado que a continuación revertí mis teorías radicalmente pues, de repente, me pareció que la vida no solo era justa y hermosa sino que estaba llena de sentido. Horas después, durante el vuelo de regreso a

Madrid —que no perdimos, aunque casi—, no hice más que hablarle a Natalia sobre ese futuro que veinticuatro horas atrás me parecía, más que borroso, irrelevante. Antes, en el taxi que nos condujo desde el centro de Cracovia al aeropuerto a toda velocidad, mi cabeza había dado rienda suelta a una serie de cavilaciones acerca de lo que vendría y, de la nada, todo lo que hasta entonces me parecía crucial y trascendente —mi vocación, mi trabajo, mis proyectos, el exilio— pasó abruptamente a un segundo plano.

Pero hay algo más. Algo que no estoy contando por vergüenza o pudor. Esa mañana invernal, apenas vi el test positivo, y a medida que Natalia balbuceaba la sorpresa del embarazo y trataba de darle forma de noticia, una frase surgió desde lo más profundo de mis taras y escrúpulos hasta escribirse en mi cabeza como se escribe un lema o consigna en un muro de concreto. Era una frase automática, instintiva. Una frase cavernaria, cargada de un miedo ancestral. Una frase que desnudó de un plumazo las fallas tectónicas de mi educación y delató mi naturaleza primitiva, mi pasado de mono, mi herencia reptil. Una frase compuesta de cuatro palabras que, durante siglos, ha sido pronunciada o evocada por millones de machos ignorantes que en su día se enteraron de que estaban próximos a convertirse en padres por primera vez:

«Ojalá que sea hombre».

En ese momento la frase pareció dispararse sola, pero ahora, viéndolo retrospectivamente, creo saber muy bien qué fuerzas inconscientes me llevaron a pedir en privado, ante las máximas instancias divinas y cósmicas, la llegada de un varón, no de una niña. Primero, me dejé llevar por una realidad certificada: el mundo sigue siendo un lugar hostil y violento para las mujeres. Las conquistas sociales alcanzadas para devolver dignidad a la mujer y mirarla de igual a igual son significativas, pero el mundo está todavía muy lejos de extirpar su impronta machista. «Un varón», supongo que pensé esa mañana en Cracovia mientras veía el test de embarazo, «se las podrá arreglar mejor».

Por otro lado, me vi sugestionado por las típicas obsesiones patriarcales que mi generación heredó, como «la transmisión y supervivencia del apellido» o el ejercicio de esa pedagogía de la virilidad llena de rituales y estereotipos: llevar a tu hijo a un estadio de fútbol, iniciarlo en la ingesta de alcohol, compartir su primer cigarro, monitorear su debut sexual, es decir, estimular a tu hijo hombre, tu «cachorro», a que desempeñe roles de género «adecuados» para propiciar una complicidad masculina que fortalezca la tribu. Todos esos prejuicios idiotas —inculcados en la infancia, incorporados en la adolescencia, asumidos de plano en la juventud, validados en la adultez—, al cuestionarlos una vez descubiertas sus costuras y lagunas, no resultan fáciles de erradicar.

Tal vez quería, o pensé que quería, hacer todas esas cosas con mi «hijo» porque mi padre no las hizo conmigo. Nunca fuimos juntos al estadio. Ni nos emborrachamos juntos. Ni fumamos a la vez. Tampoco me habló nunca de sexo; lo más lejos que llegó en ese ámbito fue esconder un preservativo en uno de mis zapatos, acaso esperando que yo dedujera cómo usarlo y con qué fin.

***

Hace varios años escribí para una revista un breve artículo —«Carta para el hijo que no tengo»— donde ya ponía en evidencia mi predilección por la figura del vástago antes que por el de la heredera. Escrito con un tono impositivo, el texto consistía en una enumeración de supuestos que, según yo, se cumplirían el remoto día en que me convirtiera en padre. Ahí afirmaba, entre otras cosas, que mi hijo se llamaría como mi bisabuelo. Por esa época no había iniciado aún las pesquisas genealógicas que más tarde me llevarían a escribir una novela sobre el origen oculto de mi familia (mi tatarabuela tuvo siete hijos con un sacerdote), pero una vez que acabé de escribirla juré que ninguno de mis hijos llevaría un nombre similar al de los hombres de mi familia, que habían crecido perturbados por la ilegitimidad y heredado una cruz que cargaban pero preferían no mencionar.

Aquel articulito pecaba de meloso, narcisista, irreverente, incauto y caricaturesco, pues jugaba a «advertirle» a ese probable «hijo» inexistente no decantarse por vocaciones literarias ni periodísticas que lo llevarían a cierto tipo de ruina, y que sería mejor optar por una carrera rentable. Lo más llamativo, sin embargo, no era ese debatible consejo sino la voz autoritaria empleada en ciertas líneas:

«Más te vale, hijo, que no salgas con cojudeces ni vengas a justificar tus vestimentas andrajosas diciéndome que tienes alma de punk, de subte, de anarquista, de gótico, de *dragqueen* o, peor, de *emo*. Te reventaría las costillas, por decir lo menos».

¿Soy yo el ogro que hablaba allí? ¿Es mi padre a través de mí? ¿Soy yo imitándolo o tratando de burlarme de él sin conseguirlo? De dónde me habrá salido tanta brutalidad, pienso ahora, y mientras lo pienso me pregunto si acaso quedan en mí rezagos de aquella tosquedad, o si acaso vive en mí el gen despótico de mi padre y si se pondrá de manifiesto el día en que me toque ejercer autoridad. A veces se ignora la violencia que uno trae dentro, o se intuye pero la reprimimos en nombre de las buenas costumbres hasta que llega algo o alguien y saca del fondo esa dureza encubierta. Un hijo rebelde, por caso.

***

Desde mucho tiempo atrás, incluso en esa etapa en que la idea de reproducirme no me estimulaba en lo absoluto

—pues me parecía insensato y hasta inmoral traer a este planeta ruinoso a una criatura que, más temprano que tarde, acabaría contaminándose, formando parte de una especie condenada de antemano a la mediocridad—, incluso ahí ya había en mí una predisposición a la paternidad, o al discurso paternal, aunque siempre bajo la cauta premisa de que el primer hijo «debía» ser hombre.

Con el paso de los meses que siguieron al «momento Cracovia» me deshice de todas esas consideraciones trasnochadas. No fue una operación consciente, fue maquinal. Me las sacudí igual que los perros se sacuden la arena del pellejo después de revolcarse en la playa y no se preguntan si lo hacen por salud o por limpieza: actúan nomás.

Hay un punto en el que la vida y la muerte exigen tomar cartas en el asunto, te obligan a madurar, a crecer, a hacerte cargo. Cuando mi padre murió, crecí a la fuerza. Tenía dieciocho, no tuve opción. Me tocó ocuparme de cosas que no me correspondían sin pensar si estaba haciéndolas bien. Algo similar pasó cuando supe que sería padre. Nada más oír la noticia quedaron atrás no las dudas ni titubeos pero sí los caprichos (quizá por eso me dije a mí mismo «ahora sí, ahora sí» mientras abrazaba a Natalia, como una forma de fijar en mi mente mis nuevas responsabilidades). Por eso quise dejar de pensar en el sexo del bebé, resolví hablar de él en masculino hasta nuevo aviso, y poco a poco me sostuvo un único deseo: que sea saludable. Lo demás dejó de preocuparme.

***

Hace un rato escuché los latidos de mi hijo. Me sobrecogió pensar que ese feto de 1,6 centímetros tuviese ya un corazón que bombeara con una fuerza imposible de definir. La doctora subió el volumen de la máquina ecográfica y de pronto toda la habitación retumbó con esos golpes secos, vibrantes. Qué fuerza. Es una criatura que arde en ganas de vivir. Sentí lo que otros ya han dicho antes y mejor: de ahora en adelante ya no podré morir, nunca más el mundo será el mismo. La doctora nos mostró la columna vertebral, los brazos y piernas recién pronunciándose, recién adquiriendo las formas que algún día serán casi definitivas. En el lugar del corazón, una mancha blanca. Me he pasado el día pensando en esos latidos tan nuevos, tan persistentes.

***

Dejé de pensar en el sexo pero solo hasta la mañana en que la doctora «Miss Simpatía» (la tosquedad de su trato le valió el apelativo) nos informó fríamente que el hijo que esperábamos sería «una niña».

Lo dijo así, sin emoción, sin inflexiones, como quien notifica el tipo de cambio de moneda del día. Ni siquiera averiguó si queríamos enterarnos, simplemente nos lo comunicó.

No tuve reacción para recriminárselo. Al escuchar la palabra «niña», mi cabeza se llenó de un tosco ruido de lluvia parecido al que antiguamente hacían los televisores de madrugada cuando finalizaba la programación del día. Al poco rato mi voz interior comenzó a hacer comentarios impertinentes. Entonces volví a pensar en el sexo más que nunca, en lo que implicaría criar a una mujer en esta selva llena de hombres que las postergan, las malquieren, las maltratan; y enseguida, mientras la doctora y Natalia revisaban la ecografía para ver cómo estaban formándose ya «los labios vaginales» e intercambiaban puntos de vista al respecto, yo —guiado por esa voz mental que no sabía quedarse callada— vislumbré el futuro con pavor y vi o creí ver a mi hija ya adolescente entrar a discotecas, llegar de madrugada de fiestas de promoción, salir de bares tumultuosos, seguida por unos escuincles tatuados que no mantenían la distancia correcta, y la vi entrar a una taberna de luces bajas, sentarse, cruzar las piernas, llevarse a la boca un cigarro y luego pedir un trago —¿whisky, cerveza, tequila?—, y la vi o creí verla sonreír a uno de esos fantoches y noté cómo el miserable se acercaba, se sentaba a su lado, le rumiaba palabras indecentes y deslizaba una mano bajo la mesa con dirección a su muslo, y justo ahí yo emergí de un rincón con un garrote cogido con las dos manos y, agitado, poseído, di alaridos de cavernícola y mostré los colmillos y rompí botellas y partí cabezas y arranqué dientes y provoqué un desastre antes de rescatar a mi hija de aquel infierno y escapar con ella bajo el brazo como un leñador que recoge un leño.

Cuando volví de esa pesadilla, Natalia y «Miss Simpatía» aún estaban allí comentando la noticia. Natalia volteó hacia mí con una sonrisa que no le cabía en los ángulos del rostro.

—¡Una niña! ¿Te imaginas? —dijo.

Y yo, que precisamente acababa de regresar del futuro, solo le devolví un suspiro.

***

Hemos debatido con Natalia qué decirle a nuestra hija el día que inevitablemente nos acorrale para saber cómo nos conocimos. No le diremos que fue «en una discoteca», pues avinagraría la esencia romántica de la historia, además que —este fue argumento mío— podría despertar en ella una temprana e innecesaria curiosidad por esos lugares oscuros y estridentes donde, como ustedes bien saben, solo acuden drogadictos y muchachos insolentes con el propósito de corretear mujeres y perjudicarlas. Al final nos decantamos por la fórmula «nos conocimos de noche, escuchando música frente al mar», versión que, siendo generalista, no falta a la verdad. Después de todo, los padres nunca cuentan la verdad cuando los hijos los interrogan sobre su pasado sentimental: más bien, ofrecen relatos trastocados, muchas veces incongruentes, relatos que los hijos no se molestan en contrastar, que dan por sentado, que incluso repiten y defienden como si ellos hubiesen sido testigos presenciales del inicio de una relación de la que son más bien consecuencia.

***

No bien salimos del hospital empezamos a debatir el posible nombre de la niña basándonos solo en dos criterios: eufonía y significado. Partimos preguntándonos por qué nosotros nos llamábamos Natalia y Renato. En su caso, las indagaciones solo arrojaron versiones incoherentes. Según ella, lleva el nombre de una antigua pariente de su padre, pero según mi suegra lo lleva porque a ella le gustaba ese nombre y juró que se lo pondría a su primera hija, y según mi suegro es un guiño a *Nathalie*, la canción que Gilbert Bécaud puso de moda en 1964, que habla del romance entre un turista francés y una guía rusa en medio de la Guerra Fría.

Mi caso no es más peculiar. Me pusieron «Renato» en honor al hermano menor de mi padre, mi querido tío Renato, el más jaranista, el más aventurero, el más ocurrente, el más saltimbanqui, quien a su vez fue bautizado así diríase en honor a la mujer que lo cuidaba. Tras su nacimiento, mi abuela quedó inconsciente por el esfuerzo del parto y, al momento de consignar los datos del recién nacido, los médicos le trasladaron las consultas a la única persona presente: la nodriza, una opulenta alemana llamada Renata, quien se había encariñado tanto con ese niño que sería mi tío que, ante el apuro de los doctores, solo atinó a colocarle su propio nombre. En las reuniones de mi infancia el tío Renato nos deslumbraba a los sobrinos con sus dotes para la guitarra, el canto, el baile, la declamación, la comedia. Uno de sus talentos consistía en improvisar disfraces con los primeros trapos y pelucas que encontraba

47

en sus cajones. Su explicación de esos disfraces extravagantes nos desconcertaba más: «de Misántropo», «de Negligente», «de Sinvergüenza».

Aunque admiraba a mi tío, de chico me incomodaba tener su mismo nombre. *Renato* me sonaba a nombre de adulto, no de niño. Asimismo pensaba: si ya hay un Renato Cisneros en el mundo, cuál es la necesidad de que exista otro. Cuando cumplí diez años decidí arbitrariamente que, para todo efecto social, en adelante me llamaría Franco Cisneros, en alusión al jugador de fútbol Franco Navarro, delantero centro de la selección peruana, goleador, popular, melenudo y bien parecido. Había oído que la hermana mayor de mi padre, mi tía Carola, se había cambiado el nombre al cumplir la mayoría de edad, así que, de surgir cualquier traba familiar que pusiera en peligro mi iniciativa, podía ampararme en aquel antecedente. El propósito no me duró ni una semana. Mi padre se enteró de que andaba por ahí renegando de mi nombre de pila —el nombre que él había elegido para mí—, y con un par de sopapos me quitó la ocurrencia de la cabeza.

De grande he entendido que no me disgustaba el nombre en sí (después de todo, *Renato* posee eufonía y significado: *renacido, vuelto a nacer*), sino llamarme igual que un pariente mayor que podía morirse antes imprimiéndole al nombre una connotación funesta. A nadie se lo expliqué así porque ni yo mismo lo tenía claro, pero muchos años después, cuando leí *Missing*, la novela de Alberto Fuguet, fue inevitable sentirme identificado, aliviado, menos solo, menos perdido en mis disquisiciones. Fuguet cuenta ahí la historia de su tío Carlos, bautizado con el mismo nombre que su hermano mayor, quien murió poco antes de que él naciera. Los padres creyeron que duplicando el nombre del fallecido perpetuarían su alma o algo por el estilo, sin ponderar las secuelas psicológicas que la repetición produciría en el segundo hijo. Cada vez que Carlos Fuguet iba al cementerio con sus padres a «visitar» la tumba de su hermano muerto y veía su propio nombre en la lápida («aquí descansa Carlos Fuguet») sufría crisis existenciales que iban en aumento; pensaba que tal vez él no debía vivir, o que le tocaba estar enterrado en vez del otro Carlos Fuguet, ese al que tanto extrañaban los demás. Más de una vez se despertó, ansioso, por haber soñado que lo encerraban en un ataúd. Para Fuguet, que su tío se alejara de la casa paterna apenas pudo, que huyera a Estados Unidos y perdiera todo contacto con la familia hasta desaparecer, fue una consecuencia lógica de esa traumática experiencia infantil. Carlos Fuguet había crecido pensando que debía estar bajo tierra hasta que, ya de adulto, la tierra, como en sus antiguas pesadillas, se lo tragó.

Le hablé de aquella historia a Natalia en los días en que buscábamos nombre para nuestra hija y sirvió para disuadirla de seguir barajando opciones de su árbol genealógico. Es mejor, alegué, ponerle un nombre sin pasado, sin historia, sin tradición, sin estreno, sin referencias ni antecedentes en la familia, un nombre nuevo, incomparable, que ella pueda llenar de significado. El argumento la convenció. El segundo paso fue sentarnos a hacer un extenso listado de alternativas y, el tercero, debatirlas durante meses, descartando una opción por semana. Al cabo de un tiempo, los nombres finalistas, en orden aleatorio, fueron: Elena, Julieta, Fernanda, Antonia, Victoria, Alegría, Manuela y Paula. Por fin, después de polémicas y reiteradas pruebas al oído, llegamos a la conclusión de que nuestra hija se llamaría Julieta. Julieta de primer nombre y Victoria de segundo. Pese a que me opuse férreamente al segundo nombre, Natalia ganó esa pulseada. «Por mi abuelito Víctor», porfió, ignorando mi primer argumento.

Los diccionarios etimológicos coinciden en señalar que *Julieta* significa «fuerte de raíz» y, aunque es obvio que un sujeto no se apropia de las cualidades del nombre nada más por llevarlo, me gusta pensar que mi hija tendrá eso, fortaleza, raíces, y que los vientos y tormentas que arreciarán más adelante, por muy ruidosos y fieros que pudieran ser, tal vez la despeinarán y ocasionarán dolores de cabeza, pero no lograrán confundirla, arrancarla de su centro, ni arrebatarle las convicciones.

***

Desde que oí a la doctora darnos la probable fecha del parto, 9 de setiembre, esa fecha se volvió inolvidable. Pensé de inmediato en las efemérides de ese día y apenas pude me senté a buscarlas en Internet, acaso queriendo trazar una línea psicológica o cósmica o celeste entre algunos de los hechos más trascendentales para la humanidad y el próximo nacimiento de Julieta. Un 9 de setiembre, por ejemplo, nacieron Tolstói, Pavese y el cardenal Richelieu (bueno, también Hugh Grant). Un 9 de setiembre se lanzó *Imagine* de John Lennon (bueno, también el primer disco del Dúo Dinámico). Un 9 de setiembre murieron Lacan, Mallarmé y Toulouse-Lautrec. Un 9 de setiembre los rusos lanzaron un cohete a Venus y los californianos se independizaron de México para anexarse a Estados Unidos. ¿Algo de la energía o potencia de cualquiera de esos eventos recaería sobre mi hija? ¿Qué le deparará el destino? ¿Sería acaso novelista, poeta, política, cantante, activista de la paz, dibujante, psicoanalista, astronauta?

Aunque me gusta pensar que soy un tipo moderado y racional, por esos días me hice asiduo lector de páginas web del zodiaco para ver qué decían los astros acerca del temperamento de los nacidos el 9 de setiembre, los de signo Virgo. Durante días quise saber todo sobre los Virgo y revisé cuantioso material. Aprendí algunas cosas básicas. Que su elemento es la tierra; su estación, el verano; su rasgo predominante, la perfección; su planeta, Mercurio; su color, el verde; su perfume, las acacias; y su metal, el mercurio. Aprendí que son serviciales y modestos pero también tacaños e irresponsables. Me gustó enterarme de que suelen ser obsesos con el orden y la limpieza, pero no que tienden a ser inseguros en sus opiniones y emociones.

Un buen día dejé de tantear la personalidad de mi hija, y abandoné la lectura de esos informes que descubrí chapuceros, elaborados por sabe Dios qué clase de charlatanes. En las semanas siguientes mi investigación zodiacal tuvo unas breves recaídas pero la desterré definitivamente la mañana en que recordé la historia de mi amigo Felipe Alegre, a quien conocí en la redacción del periódico donde trabajé por años.

Felipe y yo entramos como practicantes con la ilusión de ser admitidos en Culturales, pero nos enviaron a secciones distintas. Yo tuve más suerte, pues me tocó Deportes, que era mi segunda opción. Felipe, en cambio, debió resignarse a integrar el equipo de Amenidades, lo que le granjeó no pocas burlas los fines de semana cada vez que nos reencontrábamos con amigos de la facultad, algunos de los cuales ya eran redactores principales de las secciones más importantes en ese mismo diario. Un día el editor le pidió a Felipe ocuparse de la elaboración del horóscopo dominical, una de las franjas más leídas aunque, claro, de las menos relevantes para nosotros, periodistas novatos e idealistas. Felipe se desmotivó. Para colmo, su novia, Alicia, acababa de romper con él por esos días así que le sobraban razones para andar deprimido. Dejé de verlo un tiempo. Varias semanas después coincidimos en el pasillo del diario y, lejos de encontrarlo cabizbajo, lo noté seguro, contento, repuesto. Por no hablarle de Alicia le pregunté cómo le iba con el horóscopo. Me respondió «¡de maravilla!» y procedió a contarme que su editor le daba carta libre para prescindir de las plantillas con que normalmente se pergeñan los pronósticos zodiacales y colocar, en vez de esos textos predecibles plagados de lugares comunes, sus propias ocurrencias. «Llevo cinco domingos mandándole mensajes crípticos a Alicia», reveló con una mueca de locura y orgullo. Al ver mi cara de sorpresa me confesó que las «predicciones para Géminis» eran, en realidad, mensajes suyos orientados a su exnovia. Se rio celebrando su travesura y se evaporó como un espíritu. Cuando regresé a mi cubículo lo primero que hice fue tomar el diario en busca del signo Géminis. Atónito, leí las siguientes palabras:

«Dale una oportunidad a la pareja que dejaste, no te ha olvidado. Más bien, aléjate del hombre que actualmente te corteja; aún no lo sabes pero padece una fétida e incurable enfermedad de transmisión sexual».

***

Tener un hijo es prolongar tu nombre, tu identidad, tu sangre. Es expandirte, continuar, aspirar a cierta trascendencia, grabar por adelantado una huella tuya en la tierra lunar del futuro, un futuro que —si se cumple la «ley de la vida»— no alcanzarás a disfrutar del todo a su lado. Traer un hijo al mundo implica un movimiento hacia delante, hacia el mañana, hacia lo que no se sabe que vendrá. Ese es el territorio de los hijos: lo incierto. En algún momento yo también fui incertidumbre.

Ya mi madre me había contado algo acerca de ese suceso. Corría el año 1975 y mi padre había sido destacado como jefe de región a Puno, una de las ciudades del Perú con temperaturas más bajas y mayor altitud. En Puno todos los años hay gente que literalmente muere de frío y de hambre. En los años setenta, Puno no era más que un páramo con un bonito lago. En esa ciudad mis padres me concibieron. Años después, siendo reportero, me tocó viajar a ese lugar para cubrir un mitin de Alan García, candidato presidencial y futuro mandatario reelecto. En un descanso, llevado por mi insaciable manía de escarbar en la intimidad biográfica, visité la villa militar donde mis padres habían vivido el año anterior a mi nacimiento. No bien llegué la sonrisa que traía devino en puchero. La villa no era otra cosa que un pálido conjunto de edificios idénticos levantados al pie de un cerro pelado. La pintura de las paredes se había descascarado y la reja oxidada que rodeaba todo el perímetro del terreno le confería al inmueble una inevitable apariencia de cárcel o manicomio. No había siquiera un árbol a la redonda que contrastara lo descolorido del paisaje. Una tanqueta del siglo anterior y unos soldaditos aburridos daban la bienvenida al visitante, a la vez que lo disuadían de aproximarse. Al imaginar a mis padres en el interior de una de esas habitaciones que desde afuera se veían gélidas e inhóspitas recuerdo haber pensando: acostarse con alguien en un sitio así, más que un acto de amor, debe ser un acto de desesperación. Puse fin a mi sombrío monólogo interior cuando el cielo se cerró, empezó a llover a cántaros e incluso a granizar. Para entonces ya estaba empapado hasta los tobillos.

El embarazo de mi madre se interrumpió a los siete meses. El médico dispuso una cesárea preventiva pues me había enredado con el cordón umbilical y corría riesgo de morir estrangulado dentro del útero, o al menos esa es la versión melodramática que ella cuenta. Del vientre pasé a la incubadora y allí permanecí hasta que me dieron de alta, pero estuve tres o cuatro días en observación. Al referirse a los meses previos a mi llegada, mi madre reconoce que fumó cigarros unas cuantas veces y tomó ocasionales copas de vino; dice que tal vez eso indispuso al feto que fui.

***

El día que nos comunicaron la fecha probable del nacimiento de Julieta, me sorprendí a mí mismo rezando para que el plazo de los nueve meses se cumpliera. Pensé que de ese modo, si es verdad que los hijos vienen al mundo a corregir a los padres o a mejorar lo que en ellos hubo de defectuoso y limitado, mi pequeña Julieta, por el solo hecho de nacer el día que estaba previsto, estaría ya mejorando mi existencia, curando en cierta forma la herida de nacimiento que me ha perseguido. Porque nacer antes de tiempo —acusando ansiedad, vehemencia— influyó en cientos de cosas que solo los años me han ayudado a entender. En mi físico. En mi carácter. En mi mirada del mundo. En mi forma de ser y hablar. Mucho de mi inseguridad y de mis miedos tienen su origen en ese alumbramiento prematuro.

***

La mañana que volvimos de Cracovia sin haber asimilado del todo la noticia de la paternidad, pensamos en cuál sería un buen momento para compartirla. Por lo que sé, en estos casos se estila anunciar el embarazo una vez que ha sido reconfirmado por los médicos y se esfuma el riesgo de pérdida prematura. Para eso había que esperar unos tres o cuatro meses. Nos pareció demasiada prudencia. A las dos semanas decidimos poner en autos —vía Skype— a nuestros padres, hermanos, parientes y amigos. Nos divertimos imaginando cómo reaccionarían y no nos equivocamos: las respuestas en la pantalla eran una delicia de ver y en general seguían una misma tónica y secuencia expresiva: los informados primero dejaban asomar un gesto de incredulidad, luego pedían que les jurásemos que no se trataba de una broma y, en adelante, mostraban un variado repertorio de felicidad: risas, lágrimas, chillidos de asombro, aplausos, frases entrecortadas. Salí de cada una de esas conversaciones sin tener en claro quién disfrutaba más con la buena noticia, si ellos que la recibían, o nosotros que la propalábamos.

Una noche, al terminar una de esas llamadas, pensé en la distancia geográfica, en lo que significaba o podía llegar a significar para Julieta nacer en Madrid, es decir, a miles de kilómetros de Perú, y en cómo eso intervendría su destino y, de paso, el nuestro. Cómo quedaría resuelto en adelante, por ejemplo, el asunto de la patria. ¿Nuestra patria sería la suya? ¿O la suya sería la nuestra? Porque si el vocablo «patria» da nombre a la tierra paterna, si uno reconoce la tierra de sus padres como su punto de origen, qué relación se guarda con la tierra de los hijos y, lo que es tal vez más sustancial, ¿hay una palabra para denominar ese territorio?

¿Hasta dónde Julieta se sentiría peruana y hasta dónde española? ¿En qué suelo prenderán sus raíces? ¿Crecerán rectas? ¿Se bifurcarán?

Sé que hay una parte de Julieta, una división de su personalidad que nos resultará eternamente inaccesible, desde ahí desarrollará un paulatino e inevitable sentido de pertenencia hacia el lugar en el que despertó al mundo. Para ella, Madrid nunca será únicamente «la capital de España», sino, y por sobre todas las cosas, la ciudad donde nació. Esa será su referencia, su distintivo. Por intermedio suyo, Natalia y yo estaremos vinculados a Madrid de por vida y en nuestros relatos del futuro, en el caso de que retornemos al Perú, la ciudad será una mención natural. Y cuando Julieta tenga, no sé, cinco o seis años y quiera saber cómo era la vida que llevábamos allá, le hablaremos de nuestra casa, el apartamento de la segunda planta (exterior-derecha) del edificio número 26 de la calle Modesto Lafuente, y de los vecinos, el viudo Jacinto, un exsoldado apático y renegón, o la señora parlanchina del segundo piso que al pasar por el corredor dejaba una estela cargada con un profuso olor a esmalte de uñas y tinte capilar; y le hablaremos de nuestro barrio, Chamberí, y hasta de los personajes que ahí conocimos, que nos ayudaron a apropiarnos de la zona y nos felicitaron cuando supieron que estábamos esperando un hijo: la pareja peruana que atiende en la bodega de enfrente, los asturianos de la farmacia de la esquina, el colombiano de la panadería de Abascal, el chino de la verdulería de Ponzano, el gordo italiano al que pedimos pizzas Margarita con doble ración de albahaca, los dueños de Le Qualité, nuestra tasca favorita, y así. Le hablaremos, cómo no, de sus «tíos», las parejas de amigos entrañables que hicimos allá, que la vieron desde que nació, y le mostraremos fotos de sus «primos», los hijos de esos amigos, y tal vez así consigamos que recuerde con más claridad el ambiente de sus primeros años.

Todo eso siempre y cuando radiquemos nuevamente en el Perú y España se convierta en un episodio del pasado. Pero si resolvemos afincarnos en Madrid, Julieta crecerá aquí, respirará la seguridad de este ecosistema, alternará con estas personas, se educará con estos niños bajo este cielo celeste, y más bien tendremos que llevarla una vez al año a Lima para que entre en contacto con su «otra mitad» y descubra con algo de apuro lo que los niños peruanos descubren a medida que crecen: paisajes, sabores, música, palabras, contrastes, contradicciones, injusticias, desconcierto.

Si nos quedamos en España, el idioma no será un problema para Julieta. El caso de Gaspar, el hijo de mi cuñada Milena, no es igual. Como ya conté, Milena está casada con un geriatra libanés. Viven en Berlín. Le hablan a Gaspar en inglés y español; el padre lo ha iniciado en el árabe. Tarde o temprano, estudiando en Alemania, el niño también hablará alemán. Su entorno globalizado será una gran ventaja para moverse por el mundo, pero a la vez, pienso, cómo internalizará el concepto de «patria», que se nutre tanto de la geografía como de la lengua, o más de la lengua que de la geografía. Juan Gelman decía: «Todos pertenecemos al mundo y si una patria tengo es la lengua, porque la lengua tiene muchas patrias: la infancia, la familia, todo lo que va constituyendo al individuo».

Barajo estas ideas y vuelvo otra vez a mi padre, que nació en Argentina pero fue educado en la peruanidad desde su primer minuto de vida y aprendió primero a sentirse peruano y después a serlo, tanto así que continuó en Lima la carrera militar que había iniciado en Buenos Aires, y se convirtió en uno de los oficiales de su promoción más identificados con el Ejército llegando inclusive a ser ministro de Estado —es decir, juró «por Dios y por la patria»—, y hasta el último día de su existencia hizo gala de un nacionalismo indesmayable, sacándole lustre a la tradición patriótica de la familia. Porque sí, suena rimbombante pero hay o había una tradición así en mi familia: uno de nuestros antepasados participó en las batallas de Ayacucho y Junín, que a la postre consolidaron la independencia del Perú; otros fueron diplomáticos, merecieron reconocimientos locales e internacionales por sus «servicios a la patria» y hasta tienen bustos o placas memoriales en lugares públicos. Es el caso de mi abuelo, cuyo nombre bautiza un parque en Lima. Allí, en un panel, se le describe de la siguiente manera: «Periodista y diplomático peruano. Sufrió destierro a causa de su defensa de la libertad y democracia».

Ahora bien, que mi padre haya bebido del suyo un genuino amor al Perú no garantizó el éxito de su esfuerzo por transmitirme esas querencias. Me dio decenas de lecciones históricas, me habló una y otra vez de la nobleza de nuestros próceres y héroes, me hizo memorizar fechas de guerras emblemáticas, y me llevó a museos, plazas y edificios propios de la etapa virreinal y republicana del país; sin embargo, esa porción de su legado no llegó a cuajar en mí. Salvo por momentos muy específicos, casi todos ligados al fútbol, todo lo «patriótico» me despierta desconfianza. Ni la lejanía del Perú ha suscitado en mí el tipo de nostalgias que asalta a los patrioteros; ha profundizado, más bien, mis reparos a la vida nacional, pues la mirada del expatriado —que antes contemplaba el fresco de lo cotidiano en primerísimo plano— gana en perspectiva, horizonte, entendimiento. De lejos se ve mejor el Perú. Quiero decir, se comprende más. También sorprende más, genera más dudas. Quizá añorar sea eso.

De existir, la «patria» no tiene que ver con unas fronteras, unos límites, un himno nacional, una bandera, unos símbolos, unas efemérides o una historia común puntuada de muertos ejemplares. Lo que planeo decirle a Julieta es que la «patria» no es otra cosa que el conjunto de gentes, estancias y recuerdos que a uno lo conmueven, lo representan, lo hacen feliz.

***

TERCERO

Abjuré tantas veces del matrimonio y la paternidad —en nombre de teorías rabiosas que ya no recuerdo o no quiero recordar— que esta vida de casado, estos últimos meses en concreto siguiendo de cerca el embarazo de Natalia, siendo muy consistentes, parecen salidos de una realidad brumosa, paralela, casi ficticia, que no termino de creer.

Quizá sea la distancia con Perú lo que le confiere a mi presente esta textura líquida de sueño irreal pero vívido. O quizá sea la velocidad inusual con que se han dado las cosas durante los últimos dos años, una detrás de otra, sin detenerse, como fichas de dominó dispuestas en cadena que no dejan de caer hasta formar una figura puntual.

Quién me lo hubiera dicho. Nadie. Ninguna bruja, adivinadora o astróloga. Hasta hace relativamente poco era un soltero empedernido, noctámbulo, vivía en Lima, en un cómodo departamento propio, manejaba un auto deportivo, aparecía en programas sintonizados, gozaba de cierto reconocimiento público, percibía un buen sueldo, no recortaba mis gastos, y escribía unos libros que, por lo general, no pasaban desapercibidos entre los lectores. Hoy soy otra persona. Estoy casado, vivo con mi esposa en un país que no es el nuestro, alquilamos un piso estándar en una ciudad en la que somos dos inmigrantes anónimos, me dedico exclusivamente a escribir novelas, no tengo sueldo ni auto ni exposición ni fama y, con cuarentaiún años cumplidos, me alisto para ser padre.

Claro que el infinitivo «alistarse», al menos en mi caso, no significa «estar listo». Dudo que alguien esté listo para un momento así. Se puede estar dispuesto, pero ¿listo? Jamás. Sé que no lo estoy porque en estos días previos al gran evento se me entremezclan la ilusión, la expectativa y la curiosidad con el miedo. Hay días en que solo hay miedo. Y no me refiero al miedo a equivocarme en la crianza —ser padre, en buena cuenta, es eso, equivocarse—, sino a un miedo más crudo y egoísta: el pavor a perder mi autonomía, a perderme a mí. A menudo pienso qué ocurrirá en adelante con mi oficio, con el horario que escrupulosamente he diseñado para trabajar y satisfacer las manías y angustias propias de un escritor neurótico al que tanto le ha costado darle cierta continuidad a su vocación. ¿Irá a estropearse todo con la presencia demandante de una criatura recién nacida? ¿Podré armonizar las responsabilidades de padre primerizo con mi trabajo? ¿Entenderá Natalia que mi trabajo es *esto*: hacer una autopsia constante de mi intimidad para descifrarla, primero, y luego usar ese material para contar una historia? Lo ha entendido hasta ahora, pero ¿será igual de benevolente el día que me excuse de, por ejemplo, hervir chupones, desarmar coches, lavar pezoneras o visitar pediatras, porque *debo* escribir mis impresiones tras el nacimiento y primeros días de vida de Julieta? ¿Soportará que el ejercicio de la paternidad sea a veces pospuesto por la narración de la paternidad? ¿Comprenderá la diferencia entre «paternidad ejercida» y «paternidad narrada»? Y si no la comprende, ¿tendré derecho a enojarme con ella o tendré que tragarme esa rabia y descuidar el oficio —lo único verdaderamente mío, lo único propio que tengo— para cuidar a mi hija, que siendo mía a la vez pertenece al mundo?

Estas dudas no puedo exteriorizarlas con Natalia. Ser madre es el sueño de su vida. Antes que para la medicina ella nació para la maternidad. No lo digo yo, sino sus colegas y hasta su propia familia. Cuando era niña, en Perú, le dio rostro a la campaña publicitaria de un bebé de juguete que salió al mercado por primera vez para una Navidad. El atractivo del muñeco consistía en su habilidad, si puede llamársele así, para, una vez que le era retirado el chupón de la boca, protestar meando encima de su dueña. Se llamaba, con todo derecho, Baby Pilín. Con seis años cumplidos, Natalia apareció en avisos comerciales cargando en brazos al muñeco con gran convicción dramática, como si fuera su primogénito, sin perder la sonrisa ni siquiera en esos momentos en que el juguete de marras vertía sobre ella sus falsos orines. He visto las fotos. Dice su madre, mi suegra, que incluso antes de eso, con apenas uno o dos años nada más, Natalia se quitaba la camiseta y acercaba sus muñecas hacia su pecho para, una por una, darles de «lactar» y saciar su hambre de utilería.

Claro que no es por temor a lesionar ese precoz impulso maternal que me ahorro ante ella cualquier comentario inquietante, sino por un tema estrictamente médico: su hipertensión. No quiero imaginar a cuánto ascenderían los valores de su presión sistólica o diastólica si supiera que, detrás del esposo aplomado y colaborador que trato de ser en el día a día, hay un espantapájaros cuyos sentimientos paternales no han terminado de asentarse. Quiero ser padre, de eso no existe la menor duda, lo que me falta son agallas para encajar los cambios que vendrán.

***

Leo y escribo a buen ritmo, por las mañanas, cuando soy dueño del tiempo y de la casa, sabiendo que pronto acabará este reinado. La llegada de mi hija alterará la quietud en que transcurren las primeras horas del día, tan provechosas para mí. Temo lo que ocurrirá cuando la niña esté entre nosotros. No dudo del amor que nos embargará (que ya nos embarga), pero soy egoísta, un poco ruin y no quiero perder mi soberanía. Los hijos son una bendición misteriosa. Te inyectan vida, te usurpan vida. Debo aprovechar más estas mañanas. En unos meses más apenas si podré leer un puñado de hojas; no digo nada de escribir.

***

Ayer martes fui a ver *Manchester frente al mar*. La escena del incendio me devastó. Los tres hijos del protagonista mueren calcinados al incendiarse la casa producto de un accidente. El hombre, petrificado en la acera de enfrente, sin dejar de abrazar la bolsa de compras del supermercado al que había ido a adquirir víveres para el almuerzo, se hinca ante el desolador espectáculo de su vida reduciéndose a la nada.

Si hubiera visto la película en otra época de mi vida, la escena sin duda me hubiera impactado, pero anoche salí del cine no con un impacto en el pecho sino con una sensación de horror atravesándome el cuerpo.

Desde hace unas semanas he detectado en mí cierta sensibilidad o compasión ante el sufrimiento infantil. Cuando ingreso a Internet tiendo a compartir noticias sobre niños en riesgo de alguna clase, noticias que antes hubiera pasado por alto. Los hombres también vamos cambiando durante el embarazo de nuestras parejas. No desde el metabolismo, sí desde el inconsciente.

Hace un rato hablé con mi madre pidiéndole que me contara cómo esperaban ella y mi papá la llegada de su primer hijo, mi hermana Vanessa. Me contó detalles válidos, pero de algún modo inexactos, pues mi padre ya había tenido hijos antes. Su primera esposa murió tiempo atrás y, como no conozco amigos ni parientes suyos, y aún conociéndolos dudo que quisieran hablar conmigo, no hay nadie que pueda decirme cómo era él camino de ser padre por primera vez. Ese testimonio ya no lo recogeré. Se lo tragó el destino o la vida.

No dejo de pensar en mi padre. En él, en mí, en mi hija. Siento como si Julieta fuera a traerme alguna noticia del abuelo paterno que no conoció ni conocerá. Me gusta imaginar que los recién nacidos, antes de salir a estrenar la vida que les ha sido concedida, entran en contacto con los parientes muertos que son también causantes de su existencia.

***

10:40 a.m. Viernes. Hospital San Gerónimo. Acabamos de ver al bebé en la segunda ecografía. Temblé cuando la doctora, mirando la pantalla, dijo con la frialdad de quien revisa la lista del mercado: «dos orejas, dos ojos, dos brazos, dos manos, dos piernas, dos pies». Hasta ese momento no había pensando en la posibilidad de que la criatura naciera privada de algún órgano o extremidad. Respiré profundo y me agarré del brazo de Natalia como se agarra al salvavidas quien está en el agua y no sabe nadar. Igual cuando la mujer avisó que procedería a medir la «translucencia nucal» para ver «el nivel de riesgo de síndrome de Down». Me pareció insensible de su parte hablar de manera tan rutinaria acerca de algo que podría cambiarnos la vida. Natalia me explicaría luego que es normal que los médicos actúen de ese modo despreocupado. Lo hacen, me aclaró, para no involucrarse del todo, para tolerar el sufrimiento que ven a diario. Pasada la ecografía, escuchamos su corazón por segunda vez. Ronco. Poderoso. Un mar. Un mar nocturno con oleaje moderado, sin bañistas ni gaviotas. ¡Cuánta vida reclamando una oportunidad! Los latidos resuenan en mi mente incluso ahora, mientras desciendo con Natalia por el ascensor del hospital y nos fotografiamos con sonrisa de inmortales.

***

Hoy nuestra hija mide lo mismo que un durazno. Natalia ha descargado en su celular una aplicación llamada *What To Expect* que, entre otras funciones, indica el tamaño del feto según la semana del embarazo. Para hacer el dato más ilustrativo se usan referencias comestibles. Así, de medir como una semilla de amapola en la cuarta semana, el bebé llega a adquirir el volumen de una calabaza en la trigésima octava. En el camino va tomando las proporciones de un grano de ajonjolí, una lenteja, un arándano, una frambuesa, una uva, una aceituna, un higo, un limón, una vaina, una manzana, una palta, un nabo, un pimiento, un tomate, un plátano, una zanahoria, un camote, un mango, un choclo, una betarraga, una coliflor, una lechuga, un coco, una piña, un melón y una sandía. Después de leer esa lista comparativa, ya no pude coger ninguna de esas frutas y verduras sin sentir ternura o culpa. Veo una aceituna y veo a mi hija. Veo un pimiento y lo cargo cual si fuera un bebé. Si los muerdo, me siento caníbal, como ciertos monos, cerdos y pájaros que sin rubor se tragan a sus crías.

***

Natalia está muy cansada. Ayer la cardióloga le recomendó consumir más calcio, de lo contrario el bebé que lleva dentro le quitará el poco calcio que tiene y sufrirá osteoporosis y verá sus dientes caerse uno a uno. Los hijos son vampiros o cuervos que toman lo ajeno para sobrevivir. Los escritores hacemos lo mismo: sustraemos la esencia de otro para nutrir a nuestros personajes. Traemos hijos al mundo para que nos ayuden a desaparecer, para que nos desmantelen de a pocos.

***

A veces tengo pesadillas conscientes en las que te resbalas de mis manos y otras, más inexplicables, donde me dejo llevar por un impulso filicida y te dejo caer al borde de cornisas o precipicios.

¿Con qué relacionar esos desvaríos? ¿Quizá con mis temores a que el mundo te sea hostil, a no ser el padre que te mereces, a que te conviertas en alguien muy distinto a lo que imagino, alguien —digamos— oscuro y vil?

Pero así como esas pesadillas también tengo momentos en los que me quedo en blanco pensando en la primera palabra que dirás, la primera decisión que tomarás, en todas las primeras veces que te esperan. Saber que seré testigo de muchas de ellas me emociona. Espero estar a la altura.

Una amiga nos contó hace poco que a su esposo le acaban de diagnosticar cáncer. Al enterarse, el hombre se echó a llorar. No lloraba por él sino «por todo lo que se perdería» de la vida del hijo de cuatro años que ambos tienen. Acondicioné aquella situación a nuestro caso; solo el ejercicio me provocó una pena abisal.

***

Llegué hoy a Ámsterdam.

Debería estar en algún museo o paseando por la ciudad, pero estoy en Hantime, un restaurante clavado en el muelle donde se encuentra anclado nuestro hotel, un barco-hotel de pasadizos estrechos, habitaciones con literas y ventanas redondas con vista al río. Hasta que llegue Natalia hago tiempo leyendo, disfrutando de la soledad. Este momento me recuerda los años que viví solo en ese departamento de Surco que ahora ocupa un ciudadano francés, y cuyos adornos, libros y demás objetos personales no embalé cuando me mudé a España y ahora están empolvándose en el desván de la casa de mi madre. Todos esos objetos esconden información sobre mí, sobre algún período de mi vida, algún amor, algún logro, algún fracaso. A veces siento que una fracción de mi vida se quedó allí, arrumada junto a esos muebles y pertenencias que ojalá algún día restituya.

Me gusta estar solo porque no estoy solo. Me sobra compañía.

Mis pensamientos.

Mis silencios.

Mis divagaciones.

Mis frustraciones.

Mis apuntes acerca de posibles historias. Quién sabe si se materializarán o quedarán atrapadas en mi cabeza, al lado, por ejemplo, de esas viejas vivencias que se amontonan y a veces vuelven aunque no siempre adquieren la forma definida de un recuerdo. Todo se queda, nada se olvida. Como dice el personaje de *El viaje de Chihiro*: «Nada de lo que sucede se olvida jamás, aunque tú no puedas recordarlo».

¿Qué cosas distorsionará tu llegada, Julieta?

¿Cuánto se alterará mi ritmo de vida?

¿Qué ritmo tiene mi vida?

Hoy escribo en una revista sobre la noticia de la paternidad. Eso me tiene contento e inquieto, porque desde hoy soy, por así decirlo, un padre público, desde hoy existes para todos esos lectores que no sabían que estabas en camino.

***

Es la primera vez que visito el Museo Van Gogh.

Varios cuadros son portentosos pero me quedo prendado de uno, *El almendro en flor*. La frase que se lee como única descripción me llena de curiosidad: «Un árbol de almendros, una vida que empieza a florecer».

Al final de la visita me quedo en una banca buscando en Internet la historia de la pintura. Lo que leo me sorprende y a la vez no.

El 15 de febrero de 1890, Vincent Van Gogh le escribe una carta a su madre, Anna, en respuesta a la noticia del nacimiento de su sobrino, el hijo de su hermano Theo. Ahí dice: «Me he puesto inmediatamente a hacer un cuadro para él, un lienzo para colgar en su dormitorio: unas gruesas ramas de almendro en flor blanco sobre un fondo de cielo azul».

En ese momento Van Gogh llevaba nueve meses internado por propia voluntad en el sanatorio de Saint Paul de Mausole, en Saint-Rémy de Provence. Sus problemas mentales habían empezado o se habían agudizado cuando su querido hermano —su amigo, su respaldo económico— decidió casarse. El temor a que el matrimonio de Theo lo alejara llevó al pintor a experimentar episodios de angustia, tristeza, vértigo. Que no se hiciera presente en la boda es una prueba fehaciente.

Apenas se enteró de que su hermano se convertiría en padre lo felicitó por escrito, pero ese entusiasmo inicial luego decaería: no le agradaba que el niño fuera a llamarse Vincent, igual que él y que el hermano mayor que murió un año antes de que él naciera. ¿Por qué ponerle el nombre de un loco y un muerto?, debe haberse interrogado. No obstante, comenzó a pintar *El almendro en flor* para su sobrino.

En abril de 1890 le escribió a Theo: «El trabajo iba bien, el último lienzo, unas ramas en flor —verás que ha sido lo que hice más pacientemente y mejor, pintado con calma y con una mayor seguridad en la pincelada. Y al día siguiente, hecho polvo como un animal. Es difícil entender cosas como estas, pero desgraciadamente son así. Sin embargo, tengo grandes deseos de volver al trabajo». A pesar de sufrir varios ataques, terminó el cuadro en veinte días.

En mayo viajó a París para conocer al pequeño Vincent y mostrarle la obra. El niño, tal como declaró la madre en su momento, miraba fascinado el cuadro de su tío desde la cuna. Parecía que Van Gogh había recuperado la cordura. Dos meses después se suicidó.

Mi fijación con *El almendro en flor* se produce por la misma razón que me conmovió aquella escena terrible de *Manchester frente al mar*: por el apremio de la paternidad y por lo que ocurre en mi interior mientras llega el momento de estrenarla. Hay algo en ese cuadro que irradia robustez y fragilidad. No es un cuadro del que pueda decirse que desprende calidez, pero tal vez sí luz. No tiene grandes colores, sí muchos detalles. Analistas simbólicos han interpretado el supuesto significado de las cinco raíces del almendro, diciendo que cada flor, pétalo, orientación y hasta cada zona despoblada guarda alusiones a personas que marcaron la vida de Van Gogh. Cuando la vi, la pintura pareció reflejar como un espejo la emoción imprecisa que me copaba, que me copa todavía. Tenía felicidad y miedo. Ahora, mientras escribo, tengo miedo y felicidad.

Después de admirar la pintura de Van Gogh, y luego de saber que la había dedicado a su sobrino, pensé en mi sobrina Adriana, la hija mayor de mi hermana mayor, la primera persona que consiguió que aflorara en mí un incipiente pero sincero amor paternal.

Una noche de hace años mi hermana tuvo una emergencia médica y me llamó con premura pidiéndome que fuera a su casa a cuidar de Adriana, que tenía tres o cuatro meses. Acepté hacerme cargo aunque en el fondo tenía terror de quedarme solo con ella durante varias horas. Nunca antes me había enfrentado a un bebé. Lo primero que hice fue colocarla en el centro de la cama y estudiar sus movimientos, tal como haría un novillero con el becerro de lidia que se le ha parado enfrente. Miraba a mi sobrina, me detenía en sus muecas, dejaba que sus manos aprisionen mis dedos para crear empatía. De pronto empezó a componer pucheros. ¿Sería hambre, sueño, cólicos, nostalgia de su madre? Mi hermana no había tenido tiempo de darme indicaciones para cada una de esas eventualidades y mi madre se encontraba con ella en la clínica, así que difícilmente podría haberme asesorado. Lo que me ponía más nervioso, sin embargo, era la posibilidad de que se cagara encima. A los veinte años no concebía tarea más titánica y asquerosa que retirar un pañal embarrado de excrementos. Pasé la noche haciéndole morisquetas y cantándole baladas latinoamericanas. Mi escueta oferta de entretenimiento acabó por hartarla y se puso a chillar como si hubiese derramado en su espalda una olla de agua hirviendo —más de una ventana en el vecindario se iluminó—. Creo que esa noche se fundó una alianza entre nosotros.

Años después mi hermana se divorció, regresó a casa de mi madre con sus hijos y vivimos todos juntos un buen tiempo. Fueron los años de mayor vínculo con Adriana, que ya entonces se caracterizaba por ser callada, irónica, artística. Le gustaba escribir un diario, dibujar vestidos (ahora ya casi es diseñadora de modas) y leer los libros que puntualmente le regalaba en su cumpleaños y Navidad. Cada vez que volvía del trabajo, nos llamábamos mutuamente desde lejos como buscándonos, alternando voces y tonalidades, un juego absurdo que disfrutábamos y que concluía cuando, en medio de un abrazo teatral aunque sincero, le decía: «eres mi sobrina favorita», a lo cual ella no tardaba en aclarar: «además de la única». Había días en que no conversábamos un ápice, como zombis que deambulan por los recovecos de la casa que comparten, vegetando cada uno en su rincón, pero nunca dejamos de tratarnos de esa manera.

También con ella comencé a experimentar los celos de padre que algún día, lo sé, lo puedo apostar, sentiré con Julieta. Desde que mi sobrina era niña, le bromeaba advirtiéndole que no se atreviera a invitar a ningún candidato a enamorado prematuro; «si lo haces», la amenazaba sobreactuando, haciendo una desmesurada coreografía karateca, «lo cogeré de la cabeza así, le torceré el cuello y luego le romperé el cogote contra la silla de esta forma». Ella pasaba de mirarme con gracia a hacerlo con espanto o asco.

Por esos años recuerdo haber publicado en un periódico una columna supuestamente de humor en la que dirigía una serie de peticiones al Señor de los Milagros. Uno de los párrafos lo dediqué a Adriana:

«Mi tercer pedido, Cristo de los Temblores, no busca el provecho propio, sino el de mi guapa sobrina de quince años. Quisiera que los muchachos de su colegio —los

71

mequetrefes que la piropean, le regalan peluches que parecen disecados y la invitan a bailar— sufran un escarmiento. Aunque dejo a tu piadoso albedrío la modalidad del castigo, sugeriría una mordedura de serpiente en el tafanario o una infestación de ladillas en la región púbica y el vello axilar. Me parece, Señor, que así se mantendrán a raya, y mi sobrina podrá dedicarse tranquilamente a sus actividades favoritas, como son el estudio, la meditación y la lectura y análisis de novelas clásicas».

Mi comportamiento con ella no implicaba responsabilidades reales. Era el falso padre perfecto. La engreía pero no me ocupaba de su formación, o me ocupaba pero distraídamente, sin la presión de un padre convencional. Por eso fue revelador y emocionante que el día de mi matrimonio Adriana se acercara al púlpito a la hora de las peticiones y manifestara que yo había sido, por años, algo así como un modelo para ella. Si supiera pintar, haría lo que hizo Van Gogh: le regalaría un cuadro. Quizá estas palabras sean la pintura que no sé pintarle.

***

Me tocó presentar en Barcelona la novela sobre mi padre. Nos quedamos en casa de Tere y Juanca, uno de los mejores amigos de mi esposa desde la facultad. Una tarde, Juanca nos llevó al hospital donde trabaja y le hizo una ecografía. Una vez más pudimos escuchar la tormenta de latidos de Julieta. También pudimos verla; es un decir, porque apenas pude distinguir formas difusas en la pantalla de la máquina. Juanca decía «esa es la nariz, ¿la ves?» y yo asentía pero lo cierto es que no veía nada. Me dijo lo mismo refiriéndose a los ojos, la boca, las manos, el esqueleto. Donde él veía estructuras nítidas, yo solo adivinaba sombras lechosas.

Recordé un viaje a Cajamarca con mi hermano Federico. Una mañana visitamos el Cumbemayo, el cementerio de piedras, famoso por sus inmensos farallones superpuestos en cuyos contornos se esconden siluetas de animales, o al menos eso aseguran los guías. Esa mañana, mi hermano y yo pagamos un tour guiado y nos ubicamos al final del pelotón de japoneses y alemanes que avanzaban siguiendo a un hombrecito escuálido e histriónico. «Y allá, frente a nosotros, sobre ese conjunto de cuatro piedras, ustedes podrán apreciar claramente el perfil del puma andino persiguiendo al águila del monte», decretó el guía. Los turistas disparaban sus cámaras y lanzaban suspiros. Después de unos segundos, le pregunté a Federico si alcanzaba a ver las fieras. «No veo ni mierda», me confesó. «Tampoco yo», le dije. Primero nos sentimos torpes, más tarde estafados, finalmente nos curamos del equívoco con una cerveza en un bar de la plaza principal.

Ahora vienen viajes a Francia, Estados Unidos, Marruecos, Colombia, Nicaragua, Líbano y Perú. Todo lo que llega lo tomamos con gratitud. Sigo pensando en mi próximo libro: ¿una novela sobre la sexualidad?, ¿una historia sobre un crimen irresuelto?, ¿la crónica literaria de los peores años de la corrupción en mi país? Los días de marzo expiran en medio de un sol propio de verano. No quiero imaginar lo que será Madrid en agosto. Pero sí lo que será en setiembre.

***

Anoche, mientras cenábamos en un restaurante del centro de Madrid, hablamos con Natalia de los viajes que hemos compartido en los últimos años. Sabemos que la llegada de la niña interrumpirá esa costumbre. Después de Marruecos ya no viajaremos solos en un buen tiempo. Me turba la certeza de los cambios drásticos: saber que van a ocurrir, que no hay manera de evitarlos; son como un terremoto anunciado. No dudo de que lo que vendrá será maravilloso, pero hay algo en mí que está —que siempre ha estado— muy apegado a las rutinas y costumbres, y en estos últimos años mi complicidad con Natalia se ha sostenido, en buena parte, gracias a la costumbre de viajar. No siento que suspendamos algo, sino que directamente lo perdemos, porque cuando retomemos los viajes, aunque vuelva a ser magnífico, aunque los lugares que descubramos sean majestuosos, ya no será igual, porque tendremos una hija con nosotros, o esperándonos en algún lado, al cuidado de alguien, y pensaremos en ella todo el tiempo, y quizá eso sea mejor y enriquezca nuestras conversaciones y expectativas, pero eso no logra disipar ahora cierta sensación de acabamiento, de final. Más que a envejecer todo esto se parece a mutar: nos estamos deshaciendo lentamente de quienes hemos sido hasta hoy.

***

CUARTO

Pasamos el último fin de semana en Chamonix Mont Blanc con Milena, mi cuñada, su esposo Sayid y Gaspar, el hijo de ambos. La localidad, ubicada a pocos kilómetros de la frontera entre Francia y Suiza, al pie del Mont Blanc —una de las montañas más altas de Europa—, ofrece un continuo paisaje que podría calificarse como de postal si no fuera porque, incluso cuando nada se mueve alrededor, hay movimiento. Da la sensación de que criaturas muy veloces atraviesan la copa de los árboles antes de que el ojo humano pueda interceptarlas.

Por tres días nos guarecimos en una cabaña en medio de colinas cubiertas de nieve, pobladas de pinos imponentes y de esquiadores avezados, cuyas siluetas eran proyectadas por un sol generoso que tardaba en ocultarse.

Ha sido muy instructivo ver a mis cuñados aclimatándose a su bebé y viceversa. Dentro de poco Natalia y yo estaremos así, con esas ojeras, con ese cuidado para cambiar de ropa a Julieta, puede que hasta desarrollemos ese mismo sexto sentido para detectar riesgo en los alrededores: un enchufe cercano, un peldaño alto, una esquina polvosa, una ventana mal cerrada, un chinche camuflado en la alfombra.

Un fin de semana antes, en Madrid, tuvimos una experiencia similar: fuimos a una localidad rural llamada La Cabrera, a cuarenta y cinco minutos de la ciudad. También en la nieve. Nos acompañaron tres parejas de amigos y sus niños. Éramos un batallón atrincherado en una espaciosa casa rústica. Para no aburrirnos nos levantábamos temprano, montábamos breves expediciones por la periferia, recogíamos nieve para armar muñecos y lanzarnos bolas con mala puntería, perseguíamos ardillas o cualquier roedor o reptil inofensivo que surgiera de entre las rocas, cocinábamos, pasábamos las noches junto al fuego, matábamos las horas con juegos de mesa, anécdotas, canciones y botellas de vino.

Tanto en Chamonix como en La Cabrera sentí asistir a programas didácticos de paternidad. Dos fechas de un mismo seminario teórico-práctico. Hemos oído un número incalculable de testimonios, recomendaciones, datos, instrucciones relacionadas con cientos de temas: desde la mecánica para cambiar pañales y limpiar los genitales del bebé sin causarle irritación, hasta la necesidad de contratar una guardería con antelación, pasando por juegos, castigos, llantos, accidentes, dibujos animados, momentos gloriosos, desvelos. También se nos ha insistido sobremanera en que debemos aprovechar el tiempo antes del parto para dormir, como si uno pudiese ahorrar horas de sueño y recurrir a ese saldo el día que las fuerzas escaseen.

Aquellos consejos son apropiados como información general pero estériles a fin de cuentas. Buscan que no metamos la pata cuando meter la pata es primordial. La equivocación es el centro de la paternidad, diría que es el centro de casi cualquier asunto inherente al ser humano. Errar no es una característica más del hombre: es *su* característica. Nuestros errores superan en número a nuestros aciertos, por más que algunos charlatanes se empeñen en divulgar lo contrario. Eso sí: un acierto paternal bien dado, un acierto colocado en el momento justo, igual que un golpe de nocaut, puede ser letal y difuminar los yerros previos y dar una plena pero engañosa creencia de infalibilidad. ¡Bah! Prefiero no hablar de algo que no conozco, soy tan solo un padre por estrenarse, un mero aprendiz de padre, no quiero sonar como esos comentaristas de fútbol o tenis que nunca en su vida han pateado una pelota ni sostenido una raqueta o, peor, como esos pastores célibes que, al celebrar una boda, pontifican en nombre del amor de pareja y hacen serias afirmaciones relativas a una vida conyugal que jamás han experimentado. La última vez que me topé con un sacerdote que disertaba así me provocó ponerme de pie en medio de la ceremonia y decirle: «Padre, cuántas esposas ha tenido usted, parece estar bien informado».

***

Por más que uno crea saber cómo tratar a los niños cuando llegan, el camino hacia el debut paternal va revelándole al hombre el tamaño de su ignorancia. A medida que más avanza en ese terreno, más pasos en falso da. Al menos así me tocó vivirlo, con un creciente sentimiento de completa ineptitud. Mi esposa, en cambio, parecía poseer un mayor conocimiento de la logística que imponía la antesala al nacimiento. Por alguna razón no me sentía a la altura de sus reflejos, ni de su repentino don de mando, al revés, me percibía tan ínfimo que a diario sentía que me tocaba pedir disculpas por ser solamente esto: un hombre común y corriente. Alcancé esa verdad la tarde en que visité la tienda de coches para bebé.

Me paralizó la abundancia de modelos reinantes en la tienda. Mientras oía a la dependienta referirse a las bondades de cada modelo en cuanto a suspensión, seguridad y maniobrabilidad, utilizando expresiones como «biodiseño», «control inteligente» o «sistema de plegado 3D», me preguntaba por dentro cuál era la función de esos coches: ¿pasear a una criatura por el barrio o enviarla al espacio? Al advertir mi estupor ante tal exhibición de sofisticación y, en general, ante la avalancha de alternativas, Natalia reaccionó con perplejidad. «No me digas que no habías escuchado hablar de estas marcas», dijo, resuelta, con amplio dominio del tema.

Luego la mujer se refirió a una indecible cantidad de «accesorios» disponibles: desde sistemas de amortiguación y ruedas de doble tracción para superficies irregulares hasta un protector contra insectos, pasando por la burbuja de lluvia, el bolso organizador, el patinete acoplado, los ganchos, los portavasos, las bandejas y la sombrilla. «Aquí solo faltan la parrilla y el minibar», murmuré, con el fastidio adelantado de saber que quien se ocuparía de trasladar todo aquello durante un viaje o paseo sería yo. El tiro de gracia llegó cuando la dependienta nos hizo un estimado de cuánto costaría ese arsenal de caprichos. Al oír la cifra expectoré una risotada que mi esposa inmediatamente desaprobó. «Llevamos todo», ordenó ella, contradiciéndome. Mientras caminaba a la caja registradora me juré a mí mismo que mi hija usaría ese coche hasta terminar la universidad.

Algo parecido sucedió la mañana en que fuimos a Ikea para comprar los enseres de la habitación de la nueva integrante de la familia. Mis cálculos económicos habían pensado cubrir el mobiliario básico: la cuna y una repisa simple de dos divisiones para colocar la ropa. ¿Qué más puede necesitar un bebé?, pensé, ingenuo. Así se lo comuniqué a Natalia, que ante mi franqueza no supo si reír o darme de carterazos. Lo que sí supo fue aclararme que, además de la cuna, adquiriríamos, «para empezar», un cambiador, un moisés, un armario, una bañera, una cómoda, una mecedora, una hamaca y un *pack and play*. No quise indagar más por temor a que dijera «¡y otra casa, que la nuestra ya quedó chica!». Más tarde se pronunciaría acerca de la decoración, las cortinas, el colchón, el refrigerador de biberones y el contenedor de ropa sucia. «Creo que mis cómics tendrán que esperar hasta Navidad», me resigné en voz baja.

No me salieron mejor las cosas el día que entramos a una tienda de ropa infantil y nos separamos en direcciones opuestas. Dado que solía recibir quejas acerca de mi poco compromiso en los quehaceres prácticos de la prepaternidad, decidí sorprender a Natalia. Minutos después, la asalté en un pasillo: «¿Qué te parece este mameluco?». Ella volteó y puso cara de haber visto a la Virgen del Socorro; sin embargo, su expresión cautiva fue como deshilachándose mientras revisaba la mercancía. «Pero… ¿para quién es esto?», inquirió. «Para nuestra hija, para quién más. ¿Acaso no está bonito? Le va a quedar pintado», me defendí. «Sí, está muy lindo», dijo y, mostrándome la etiqueta, añadió «pero necesitamos ropa para una recién nacida, ¡no para un niño de tres años!».

Todas aquellas fueron maratónicas jornadas de compras que duraron semanas. El dinero no sobraba, pero echamos mano del sueldo que recibía Natalia por ser residente de primer año en el hospital, de mis pagos como periodista *freelance*, de las regalías que la editorial me adelantó por la nueva novela, y del monto que nos dejaron los invitados al matrimonio.

Antes, cuando ganaba un buen sueldo y tenía capacidad de ahorro, no sabía muy bien en qué gastar la plata y la dilapidaba sin pensar en el futuro. Ahora que andaba con un presupuesto ajustado, deseando que mi hija tuviera lo mismo que yo había tenido de niño o más, pensaba en aquel dinero gastado en alcohol, en citas improductivas, en clubes nocturnos, en sobornos a policías, en frivolidades, en póker en línea, en volver excesivos todos los fines de semana. En el fondo no me recriminaba aquel despilfarro, solo me sorprendía la vigencia de aquella paradoja convertida en eslogan: «Solo se aprecia lo que se tuvo cuando ya no puede disfrutarse».

Cuando era niño, mi padre estaba en la cumbre de su profesión: era general de división y le tocó ser ministro de Estado en dos oportunidades. Crecí viendo a mi alrededor no grandes lujos pero sí comodidad. Nunca fuimos adinerados, pero teníamos una situación económica de clase media que daba la impresión de ser óptima y estable.

Años después, al pasar mi padre al retiro del Ejército, cuando perdió su protagonismo político y no encontró un trabajo sustituto acorde con sus expectativas, nuestra economía palideció. Para entonces él ya se había endeudado adquiriendo una casa y montando negocios que no prosperaron, que en realidad nacieron muertos, así que por primera vez nos tocó pedir becas en la universidad, restringir nuestros gastos personales, buscar un trabajo de lo que sea, mozo de restaurantes, por ejemplo, como me tocó a mí. Tampoco ayudó ver a algunos de mis tíos precipitarse a la bancarrota, ni sentir que el país en general era una calamidad. Negado para las carreras más rentables, lleno de inseguridades vocacionales, acabé estudiando tres años de filosofía, luego seis meses de teología y finalmente me trasladé de universidad y encallé en ese islote de concreto que era la facultad de Comunicaciones. Lo que más me gustaba era el periodismo escrito, es decir, el peor remunerado, así que di por sentado desde muy temprano que, salvo resultara premiado con la Lotería de Lima y Callao o me convirtiera en asaltante de bancos y tuviese la habilidad y el descaro para sortear a la policía, jamás me sobraría dinero. Tampoco era mi finalidad acumularlo, pero sí vivir sin privaciones y, en la medida de lo posible, sin grandes gastos. Carente del más mínimo olfato para las inversiones y de toda pericia empresarial, colegí que únicamente comería de mi trabajo y que debería esforzarme mucho si un día quería, por ejemplo, tener un hijo y darle el mismo confort que mis padres me dieron en la infancia y adolescencia.

***

Casablanca, Marruecos.
Estamos camino del Sahara. Qué ganas de llegar. Usaremos turbantes, montaremos camellos que en realidad son dromedarios y pasaremos la noche en las tiendas de campaña de los beduinos, las *haimas*. No sé qué me gusta más: si la palabra

haima o su significado, *sangre*. Mañana madrugaremos para ver los resplandores del amanecer. Natalia acaba de decirme que, por precaución, prefiere no montar el animal. El guía le ha ofrecido ir en moto. Ella asintió con pena: no será lo mismo. En el auto no dejamos de hablar de Julieta, de si percibiría o no el aire caliente que proviene del Sahara. Algún día, hija, te traeré hasta aquí. Algún día te mostraré el desierto.

***

Después de llevar media hora sobre el camello, montado sobre una silla hecha artesanalmente con colchas gruesas dobladas en cuatro, no era la resistencia de las patas del animal ni el volumen de sus caderas lo que llamaba mi atención, sino el funcionamiento continuo de su sistema excretor. Tardé unos minutos más que el resto del tour en darme cuenta de que esas miles de piedrecitas de similar tamaño y color que rodaban por el Sahara no eran precisamente guijarros pertenecientes a las tribus nómades, sino deposiciones camélidas. Se dice que, una vez solidificados los excrementos, algunas mujeres los recogen para quemarlos y hacer pan, pero de eso me enteraría luego del desayuno.

La lentitud del rumiante era pasmosa. No esperaba rapidez, pero su pachocha, su parsimonia de funcionario público peruano resultó tan exasperante que, en un momento dado —con las facultades mentales ya disminuidas por el calor—, traté de estimularlo al galope masticando frases en árabe. El camello ni se inmutó. Como toda respuesta persistió en su fecunda labor digestiva.

Cuando dos horas después de haber salido del amable pueblo de Merzouga llegamos al campamento de las *haimas* —los pies por fin en contacto con la arena suave y resbaladiza—, recién pudimos apreciar el desierto más extenso del mundo en toda su magnificencia. Los colores del cielo fueron distorsionándose con el paso de los minutos y ahí, junto a los agudos murmullos del aire, la velocidad del anochecer y el esplendor de las constelaciones, nos invadió la sensación de estar literalmente en medio de la nada. Una Nada muy turística y controlada, pero Nada al fin y al cabo.

A la mañana siguiente, antes de las seis, de puro entusiasta, trepé hasta lo alto de una colina próxima. Me quedé en inmaculado silencio contemplando la salida del sol, pensando que se trataba del mismo sol que antaño guiara a persas, fenicios y bereberes en su lucha por sobrevivir. Allí estaba, divisando las dunas ocres esculpidas por el viento a lo largo de siglos. Allí estaba, en fin, abrumado con las posibilidades de la naturaleza en tan remotas latitudes, cuando la dulce voz de Natalia llegó desde atrás sustrayéndome de esas visiones. «Y tú que no querías venir para que la arena no se te metiera en los zapatos».

***

Estoy por despegar de Bogotá. Ha sido un viaje sin importancia literaria. No tuve más que una actividad fuera de la feria. Me sentí menospreciado. No debería aceptar todas las invitaciones. Lo mejor, por lejos, fue reencontrarme con un amigo al que no veía hacía mucho: Fernando Calado. Cuando me presentó a su esposa y sus tres hijas pensé en Julieta y en la familia que con Natalia ya empezamos a formar. ¿Llego bien a la paternidad? ¿Llego pronto pese a tener cuarentaiuno? ¿Llego tarde?

Me pregunto con qué hija me encontraré, aunque tal vez lo justo sea preguntarse ¿con qué padre se encontrará Julieta? Por momentos creo saberlo o presentirlo; por momentos lo ignoro profundamente.

Ahora toca llegar a casa, arreglar las filtraciones del agua, retomar la natación (así gano fuerza para cuando me toque cargar a mi hija) y esperar con tranquilidad que Julieta ilumine el mundo.

***

Viernes. Nueva ecografía. Esta vez en el Hospital del Campo. He visto el estómago de Julieta. La doctora indicó que estaba lleno. ¿De qué?, pensé al escucharla. De líquido amniótico, dijo ella enseguida, como si hubiera leído mi mente. Nos han informado que tiene un quiste de plexo coroideo en el cerebro. Dicen que es normal, que todo el mundo los tiene, que luego se reabsorben y desaparecen, pero yo, que nada sé de esto, que me asusto ante términos como «plexo coroideo» y que solo quiero que mi hija viva y sea la mujer más dichosa de esta tierra, me quedo pensando, quizá demasiado, en su cerebro, y desde el mío trato de enviarle fortaleza, cierta ayuda mental para que ese quiste se esfume cuanto antes. Le he pedido un lapicero a la doctora para escribir esto, para expulsar mis preocupaciones y no transmitírselas a Natalia, que está allí, echada, con esa cara de nobleza y bondad que solo me hace quererla más.

***

Anoche, mientras levantábamos el armario del cuarto de Julieta, tuve una epifanía. Nada muy poético; es decir, la poesía estaba ahí solo que impregnada de una aparente trivialidad. Natalia me acercaba los pernos uno por uno y yo les daba dos o tres martillazos. De pronto ella fue a la cocina por un refresco. Eso fue todo. Me conmovió la imagen de una pareja ayudándose, un matrimonio construyendo un mueble, un vulgar trabajo doméstico realizado con amor puro. Sentí abruptamente que la escena estaba cargada de significado. Al poner manos a la obra nuevamente, por apuro o torpeza, raspé un filo del armario nuevo y arañé un centímetro de pintura. El daño es casi imperceptible, pero a Natalia y a mí nos fastidia saber que está ahí. Espero que esa resquebrajadura nunca se convierta en analogía de nada.

***

Una noche, al volver a casa después de una de esas jornadas de compras, reparé conscientemente en los cambios que venía sufriendo la habitación de Julieta. La niña aún no llegaba pero de algún modo ya estaba allí, en la disposición de los objetos, en las caras inertes de los muñecos que recibía de regalo, en las decenas de estrellas luminosas plegables y distribuidas por las paredes, en la lámpara en forma de nube que colgó su abuelo materno. Solo a un recién nacido se le aguarda con tanta antelación y tantos preparativos. Después de nuestro nacimiento nadie vuelve a esperarnos con una ilusión similar.

Esa noche paseé los ojos por la cuna, el cambiador, el armario y me parecía mentira haberlos construido con mis propias manos. Mi suegro me ayudó con el cambiador, es verdad. Bueno, también con el armario. Lo cierto es que sin su colaboración no hubiera conseguido levantar nada. Pero él está habituado a maniobrar martillos, destornilladores y taladros. Es un *handyman*, conoce esas tareas, de hecho las reclama: en su casa, cada vez que aparecen fallas o desperfectos, jamás llama a un técnico, él mismo coge una de sus tres cajas de herramientas, se remanga la camisa, toma sus alicates como un cocinero sus cuchillos y no descansa hasta dejar operativas las instalaciones.

A mí ese tipo de trabajo no se me da bien. Solo remover la bombilla de luz de la lámpara del velador es una faena de largo aliento para la que tengo que prepararme psicológicamente; el recuerdo infantil de los dedos de mi mano derecha penetrando en los agujeros de un enchufe y enseguida mi brazo entero sacudiéndose por una descarga no se ha esfumado del todo y vuelve cada vez que aproximo el casco de un foco al socket correspondiente. Por traumas similares, evito otras tareas de mayor envergadura: reparar la cojera de una mesa, pegar los trozos de un objeto hecho añicos, matar un insecto alado.

Para construir los muebles de la futura bebé, sin embargo, reuní la voluntad que no tenía, desplegué sobre el suelo los materiales y me apliqué en seguir las instrucciones. Por primera vez en mis cuarentaiún años martillé clavos y clavijas, ajusté tuercas, atornillé bisagras, armé cajones, transpiré a chorros, me chanqué una uña, me salieron ampollas, se resintió mi espalda. Mi suegro, como ya dije, me ayudó con el cambiador y el armario, pero la cuna tenía que armarla por mi cuenta. Llámenlo orgullo, superstición, sortilegio o cursilería, pero quería que fuesen solo mis manos las que edificaran, siquiera rudimentariamente, el lugar donde mi hija dormirá, donde reposará de su nueva y agitada vida en este mundo, y donde acaso disfrutará sus primeros sueños, esos sueños de recién nacido que ahora imagino espumosos, níveos, por completo libres de las calladas perversiones de que están hechos los sueños adultos.

***

La habitación que ahora ya se apresta a recibir a la bebé era el viejo «cuarto de invitados» del departamento. Allí durmieron los amigos que nos visitaron en su paso por Madrid durante los primeros dos años y medio de nuestra estadía. Constaba de un sofá-cama y un antiguo ropero de madera, propiedad de la dueña original del piso, la hermana de nuestro casero, una mujer llamada Socorro que vivió décadas sin marido, sin hijos, sin parientes. Aquí enfermó y murió con sesentaitrés años cumplidos. Su hermano era el único que venía a verla cuando el cáncer la postró, a él le tocó vivir el calvario de su agonía. Desde que nos habló de Socorro pasé muchos días pensando en ella, en la vida casi conventual que debió llevar, preguntándome si el aislamiento fue su elección o su destino, si murió tranquila o angustiada.

Algunas mañanas, cuando Natalia se iba al hospital y yo me quedaba en el departamento solo, escribiendo, viendo películas, tomando infusiones, escuchaba o creía escuchar ruidos procedentes de la cocina. En rigor, era un ruido fino pero seco que se repetía de tanto en tanto, como si alguien colocara una taza de porcelana sobre la encimera de mármol una y otra vez. Cada vez que iba a revisar no veía nada. Confieso que al inicio esos ruidos me intimidaban, pero acabé acostumbrándome a ellos y llegué a pensar que se trataba del fantasma de Socorro, que se manifestaba de esa manera para saludar cordialmente a los nuevos moradores de su vieja casa (preferí desechar la idea de una disputa territorial o un reclamo moratorio). Cuando se lo comenté a Natalia, se espantó y tuve que hacer un gran esfuerzo para disuadirla de ir a la iglesia a pedirle al párroco del vecindario que nos bendijera el departamento. Aunque las historias de casas encantadas siempre me han dado miedo —miedo y placer, la verdad—, no me molestaba convivir con el espíritu de aquella señora, después de todo, era su casa y ella, o su alma, tenía el derecho a fundirse con el aire y revolver las cosas y resonar el mármol de la encimera con las tazas si así lo deseaba. Nosotros no éramos más que unos inquilinos transitorios y debíamos acomodarnos a la situación, aun cuando esta fuera del tipo paranormal.

Una de esas mañanas, el ruido que escuché no llegó desde la cocina como era habitual, sino desde el cuarto de invitados. Dejé de escribir y caminé con sigilo hasta la habitación. Mientras avanzaba por el pasadizo noté por primera vez lo mucho que crujían los listones de madera del suelo. Al entrar vi un sobre manila regado en el piso. La ventana, me fijé, estaba abierta. Revisando el cuarto deduje que el único lugar desde el cual podría haberse precipitado, impulsado quizá por una ráfaga de viento, era el altillo del armario, que ahora se me presentaba como un artefacto no terrorífico pero sí animado: sus diseños, puertas, tiradores y cajones de pronto eran cejas enarcadas, ojos suspicaces, manos huesudas, bocas dentadas. Tomé la escalera portátil de metal y por primera vez me asomé al techo de ese ropero que había permanecido intacto a trapos y plumeros desde el día que nos instalamos. Lo que encontré a continuación, además de una delgada pero compacta capa de polvo cubriendo la superficie, fue una ruma de sobres idénticos al que acababa de recoger del suelo. No resistí la curiosidad de revisarlos uno por uno pese a que —o precisamente porque— algunos llevaban impreso el sello «confidencial».

El contenido era información médica de cuatro clínicas acerca del estado de salud de Socorro. Papeles de fines del año 2000 hasta fines de 2007: órdenes de exámenes hematológicos, resultados de análisis sobre hormonas, recetas, una ecografía de cuello, una tomografía del tórax y un informe que señalaba la existencia de un tumor uterino. Ni bien terminé de revisar el material me sentí mal por andar fisgoneando en los documentos de una persona muerta. Repentinamente el cuarto se cargó de una energía densa, como si en el ambiente flotara algo muy pesado. Enseguida escuché otra vez la taza chocando contra el mármol en la cocina y ahí sí, de un salto, con una agilidad digna de mejor causa, desocupé la habitación no sin antes meter todos los sobres en una bolsa negra que horas más tarde —tras consultarlo con el casero— fueron a parar al basurero de la calle. Días después conjeturé que tal vez la propia Socorro o su ánima quería que me deshiciera de esos papeles para que no quedara ni un solo vestigio de la enfermedad que ocasionó su muerte. Desde esa tarde no volví a percibir ruidos extraños.

La otra noche en que me detuve a admirar el cambio favorable que ha sufrido la habitación, pensé en Socorro. En lugar del desvencijado armario de madera ahora se encuentra el ropero blanco de un solo cuerpo donde cuelgan ya algunos de los vestiditos, casacas y abrigos que le han regalado a mi hija (no ha nacido pero ya tiene suficiente vestimenta para capear todas las estaciones por los siguientes dos años). El armario antiguo lo vendimos por Internet a una pareja de esposos que lo desmontó en menos de una hora llevándoselo por partes. Lo siguiente fue desocupar la totalidad de la pieza, quitar el sofá-cama, descolgar las cortinas percudidas, retocar la pintura.

Ahora el dormitorio se ha convertido en otra cosa. Hay luz, alegría, objetos infantiles que poblarán recuerdos del futuro. Si alguna vez fue el lúgubre cuarto de una mujer moribunda, ahora está a punto de ser la habitación de una recién nacida. La muerte ha dado paso a la vida.

***

Uno de los consejos unánimes que recibí de mis amigos durante esos fines de semana en la nieve fue no hacerles ascos a los libros tutoriales sobre paternidad. Me recomendaron varios títulos de los que tomé nota sin genuino interés. «La literatura no sirve para todo, a veces viene bien algo de autoayuda», enfatizó alguno de ellos.

Quien me convenció al final fue Natalia, que compró por Amazon toda una biblioteca para padres primerizos antes de que yo pudiese opinar sobre la adquisición de dichos volúmenes. «Los pagué con tu tarjeta, no hay problema, ¿verdad?», me comunicó el día que llegó el paquete. «No, no», respondí, dubitativo, mientras revisaba el contenido. Allí estaban. Libros y más libros sobre paternidad. Cuatro de ellos en inglés. *The happiest baby on the block*; *Healthy Sleep Habits, Healthy Child*; *The Five Love Lenguages of Children*; y *The Seven Essential Life Skills Every Child Needs*. Había dos en español: *Qué se puede esperar cuando se está esperando* (considerado algo así como la biblia laica de la paternidad) y *Guía práctica para tener bebés tranquilos y felices.* No los leí por completo pero los revisé con entusiasmo dispar, sin llegar a engancharme del todo con ninguno.

Con el paso de los días supe de otros libros, libros diría más apropiados para mí, que recogen con un humor descarnado la óptica masculina del asunto, como *Home Game, My Boys can swim, Amor con ojeras, La vida de un padre abrumado, ¡Socorro: padre novato!* o, el ideal para los fans de Star Wars, *¡Yo soy tu padre! Cómo llevar a tus hijos al lado oscuro.* Esos me interesaron más porque, desprovistos del tono edulcorado que se suele dar a la labor reproductiva, abordan aspectos mundanos: el presupuesto del embarazo, los cambios en el guardarropa de la madre y, algo trascendental, la carencia de sexo durante los nueve meses.

Ya antes había contado que concebir a Julieta demandó una persistencia sexual que Natalia y yo nunca habíamos tenido y, hasta el momento de escribir estas líneas, no hemos vuelto a tener. A partir de que vimos el test positivo esa mañana en Cracovia se impuso entre nosotros una consentida frialdad marital, es decir, dejamos de esforzarnos por despertar en el otro algo de la pasión de antaño. Sabíamos que el embarazo no era o no debía ser un obstáculo para tener relaciones, pero por algún mutuo prejuicio conservador, o simplemente porque el deseo fue desvaneciéndose, preferimos tratarnos como buenos amigos que duermen juntos sin tocarse.

Fue a partir de esas privaciones que comencé a cuestionar nuevamente la paternidad. O a tratar de saber más de ella. Quería saber, por ejemplo, si los raptos de culpa o arrepentimiento y la urgencia de soledad eran normales o eran marcas exclusivas de mi personalidad. Los últimos libros que había leído se ocupaban del tema, pero desde una perspectiva generalista, sin considerar los meandros de la vocación creativa. Sentí de pronto que las respuestas, si las había, no se hallaban en textos tutoriales sino en otra parte, quizá en las memorias de otros escritores.

Así como para abordar la novela sobre mi padre fue clave consultar libros autorreferenciales donde narradores reconstruyen a sus progenitores con recuerdos y especulaciones, ahora me impuse la tarea de leer a autores hablando de sus hijos desde el universo caótico y egoísta de la escritura. Quería saber cómo y cuánto había cambiado la paternidad a esos hombres, ya no solo en cuanto al sexo sino también en cuanto a su oficio, su economía, su intimidad, su masculinidad, su autoconfianza, su relación con el mundo de allá afuera. El viejo dilema se me planteaba ahora con más persistencia que antes: ¿es compatible el oficio de escritor con la tarea mental y físicamente agotadora de criar un hijo? No quería ayuda ni autoayuda ni parábolas sobre el amor filial. Quería honestidad, crudeza, verdad.

Busqué primero historias o anécdotas de escritores en rol paternal. Las convivencias tormentosas fueron las primeras en aparecer reseñadas. Por ejemplo, Oscar Wilde fue cariñoso con sus dos hijos pero tuvo que renunciar a sus derechos como padre luego de ser encarcelado por «indecencia grave». Había sido acusado de sodomita por el padre de su amante Alfred Douglas, y en el juicio posterior sus prácticas homosexuales fueron puestas en evidencia. Ante el escándalo, su esposa cambió el apellido de los hijos y se los llevó a Holanda.

De los hijos de Joyce, Lucía era la favorita. «Maravilla salvaje», la llamaba el viejo James. Dicen que la suya era una relación «casi incestuosa». Todo era armonía entre ambos hasta que Lucía empezó a mostrarse interesada por la danza. Joyce no veía esa vocación con buenos ojos y no cejó hasta frustrarla. Como se relata en el cómic *La niña de sus ojos*, llegó a escribirle «tú no necesitas una carrera, solo aprender a ingresar a una habitación de forma adecuada». La oposición del padre desató en Lucía crisis violentas que derivaron en un cuadro esquizofrénico que la obligó a internarse en varios sanatorios hasta su muerte en 1982.

Antes de cumplir doce años, Frances, «Scottie», la única hija de Francis Scott Fitzgerald, ya tenía una relación accidentada con ese hombre vencido por el alcoholismo y atormentado por el fracaso que era su padre. En *Cartas a mi hija*, correspondencia que Frances publicó en 1965, se aprecian las sabias advertencias de un Fitzgerald reiterativo que no logra remontar la depresión («preocúpate del coraje, de la higiene, de la eficacia, de la equitación... No te preocupes por la opinión de los demás, por las muñecas, por el pasado, por el futuro, por hacerte mayor, porque alguien te supere...»). En el prólogo, la hija confiesa: «Escuchen ahora atentamente a mi padre. Porque da buenos consejos y estoy segura de que, si no hubiera sido mi padre, a quien tanto amé como odié, ahora sería la mujer más cultivada, atractiva, exitosa e inmaculada sobre la faz de la tierra».

No solo me concentré en historias de vínculos estropeados. También me detuve en casos positivos, como el de J. G. Ballard, que se las ingeniaba para escribir y estar con sus tres niños haciendo los deberes, visitando museos o viendo la televisión. En un viaje, una mujer norteamericana vio el coche del escritor inglés atascado y le dijo: «¿De veras está usted solo con estos tres?». Él contestó: «Con estos tres nunca se está solo».

Leía esas historias y pensaba cómo era posible que con una sola bebé en camino yo fuera presa de tantas disyuntivas. ¿Era solo miedo, autosabotaje o esa tradicional manía de complicarlo todo? De haber dudado tanto como yo, Tolstói no habría tenido los trece hijos que tuvo, de los cuales cuatro murieron de niños o jóvenes y casi todos los demás emigraron tras la revolución de 1917; los pocos que se quedaron fueron absorbidos por el protagonismo o el ego del escritor y se limitaron a desempeñar las tareas que este les pedía. Balzac decía: «Los que no tienen hijos ignoran muchos placeres, pero también se evitan muchos dolores». ¿Quería yo conocer esos placeres? ¿Quería vivir esos dolores?

Cada vez que los hallazgos resultaban poco convincentes, buscaba estas reflexiones sobre la paternidad que Julio Ramón Ribeyro consignó en sus *Prosas apátridas*:

«Al igual que yo, mi hijo tiene sus autoridades, sus fuentes, sus referencias a las cuales recurre cuando quiere apoyar una afirmación o una idea. Pero si las mías son los filósofos, los novelistas o los poetas, las de mi hijo son los veinte álbumes de las aventuras de Tintín. En ellos todo está explicado. Si hablamos de aviones, animales, viajes interplanetarios, países lejanos o tesoros, él tiene muy a la mano la cita precisa, el texto irrefutable que viene en socorro de sus opiniones. Eso es lo que se llama tener una visión, quizá falsa, del mundo, pero coherente y muchísimo más sólida que la mía, pues está inspirada en un solo libro sagrado, sobre el cual aún no ha caído la maldición de la duda. Solo tiempo más tarde se dará cuenta de que esas explicaciones tan simples no calzan con la realidad y que es necesario buscar otras más sofisticadas. Pero esa primera versión le habrá sido útil, como la placenta intrauterina, para protegerse de las contaminaciones del mundo mayor y desarrollarse con ese margen de seguridad que requieren seres tan frágiles. La primera resquebrajadura de su universo coloreado, gráfico, será el signo de la pérdida de su candor y de su ingreso al mundo individual de los adultos, después de haber habitado el genérico de la infancia, del mismo modo que en su cara aparecerán los rasgos de sus ancestros, luego de haber sobrellevado la máscara de la especie. Entonces tendrá que escrutar, indagar, apelar a filósofos, novelistas o poetas para devolverle a su mundo armonía, orden, sentido, inútilmente, además».

De todos los leídos o consultados, mi libro favorito es uno poco conocido de Nathaniel Hawthorne, *Veinte días con Julian y Conejito*. Un día de junio de 1851, Sophia, la esposa de Hawthorne, y sus hijas Una y Rose, se van a Boston a visitar a unos familiares. En casa del escritor, ubicada en la zona occidental de Massachusetts, quedan solo él y el pequeño Julian, de cinco años. Por tres semanas, el autor de *La letra escarlata* (que se acababa de publicar el año anterior) toma notas de la convivencia con su hijo. Destacan las disquisiciones fugaces, las descripciones paisajísticas y tiernas referencias al niño, tanto cuando nadan, recogen frutos y saltan de piedra en piedra como cuando Julian lo exaspera con sus preguntas o sus reproches por «maltratar» a su conejo. En un pasaje, Hawthorne describe así un encuentro con uno de sus amigos más queridos y visitante frecuente, Herman Melville.

«Estaba en ello [sentado en un banco leyendo los periódicos], cuando un jinete que pasaba por la carretera me saludó en español, y yo le respondí tocándome el ala del sombrero y seguí leyendo el periódico. Pero, como el jinete me repitiera su saludo, me fijé más atentamente en él y vi que era ¡Herman Melville! Así que Julian y yo nos apresuramos a salir a la carretera, y nos saludamos, y seguimos todos juntos camino a casa conversando sin parar durante el trayecto. El señor Melville no tardó en apearse del caballo e instaló a Julian en la silla de montar, y el hombrecito iba la mar de satisfecho, sentado en el caballo con la soltura y la confianza de un experimentado jinete, y así dimos un paseo que se prolongó un kilómetro y medio por lo menos. [...] Después de cenar, acosté a Julian, y Melville y yo tuvimos una charla acerca del tiempo y de la eternidad, de cosas de este mundo y del próximo, de libros y editores, y todo lo posible y lo imposible, que se prolongó hasta muy avanzada la noche y en la que, si hay que decirlo todo, estuvimos fumando cigarros incluso en el sagrado recinto de las paredes de la sala de estar».

***

El sábado firmé ejemplares de mi novela en la Feria de Madrid. Era mi primera vez. Me tocó compartir *stand* con el mexicano Antonio Ortuño, que acaba de ganar el Premio Ribera del Duero con un librazo de cuentos, *La vaga ambición*. No solo es un estupendo escritor, sino una excelente persona. Combinación infrecuente. Tiene el buen gusto de conversar de cosas que no tienen que ver con la literatura: fútbol, viajes, cine, sus dos hijas. Cuando le pregunté si la crianza no le quitó tiempo para escribir, me dijo que desde luego, pero igual se las arreglaba escribiendo en cualquier sitio. A eso le llamo «oficio»: a la capacidad de vencer un ambiente ruidoso y colocar una palabra detrás de otra con cierto propósito o sentido, sea en una computadora o una libreta, sin importar si lo que escribes está amenazado por la banalidad o el lugar común, sin estar esperando «condiciones ideales», que además no existen; en realidad, no hay nada «ideal» en torno del proceso creativo, casi siempre lo que impera es la frustración, casi siempre toca adecuarse a la ausencia de estímulos y recurrir al puro músculo.

Luego de la feria fuimos al hospital. No se lo dije a Natalia, pero estaba temeroso de que el sangrado de la noche anterior repercutiera en un cuadro más preocupante. A todo futuro padre le toca quedarse callado constantemente; tardas un poco en darte cuenta cabal de que el silencio es un recurso que tu mujer agradece. A veces sirve para no ventilar tu ignorancia, a veces para no transmitir inseguridad. Felizmente, el sangrado no revestía importancia.

Saliendo del chequeo tomamos un taxi rumbo a un restaurante donde un grupo de amigos se había juntado a ver la final de la Champions League. Real Madrid jugaba con Juventus el partido de vuelta. Estábamos a pocas cuadras del Santiago Bernabéu y podíamos escuchar el eco o la resonancia de los gritos dentro del estadio. Desde que vine a vivir a España me hice seguidor del Atlético de Madrid, así que esperaba que le fuera bien a Juventus, pero no hubo oportunidad. El Real ganó 4-1 y la ciudad se volvió un pandemonio. Apenas terminó el partido, con el estallido de las primeras bombardas por aquí y allá, Julieta comenzó a estirarse y patear. A medida que pasaban los minutos, los movimientos eran más bruscos. Salimos del local en busca de un taxi, pero no aparecía ninguno. Natalia se agobió pensando que el fragor de la celebración callejera asustaría aún más a la bebé, así que traté de apaciguarla diciéndole en broma que Julieta solo protestaba contra el vandalismo de los madridistas. Fue peor: me recriminó no haber previsto el tumulto y demorado innecesariamente la salida del restaurante. En medio de la discusión me soltó una frase que se quedó un buen tiempo en mi cabeza: «Se supone que tú deberías defendernos». Incapaz de conseguir un condenado taxi, llegué a pensar que, en efecto, esas dos mujeres estaban en peligro debido a mi distracción.

***

Anoche, mientras leíamos un manual para padres primerizos, sentí el miedo reiterativo a que mis rutinas cambien dramáticamente. Pensé en los viajes que no podré hacer, en las invitaciones que me veré forzado a rechazar para cuidar de mi hija. Lo que me angustiaba, sin embargo, no era eso, sino la posibilidad de un colapso interior, la ocurrencia de una crisis. Quiero sentir la paternidad auténticamente, sin forzarme. Por momentos me detengo en pensamientos irreproducibles y me desconsuela pensar que mi padre —de quien he heredado ese egoísmo invencible que me hace meterme en mi mundo y mi trabajo y no salir de allí por más que alrededor haya gente pidiendo mi ayuda— pueda haber pensado lo mismo. Sin duda lo pensó. Sin duda tuvo ganas de ser papá y de no serlo. Como yo ahora, que espero a mi hija con ansias, y a la vez temo que su llegada abra un forado que se trague todo lo que me sostiene.

***

QUINTO

«¿Qué vas a hacer con todos estos juguetes cuando tengas un hijo?», se escandalizaba mi madre cada vez que iba a visitarme al departamento donde vivía solo allá en Lima, horrorizada ante las vitrinas que albergaban mi nutrida colección de muñecos, esculturas de superhéroes y personajes de películas. Desde la cocina, Rufina, la señora de la limpieza que acudía en mi auxilio dos veces por semana, asentía sin decir nada.

«No son juguetes, mamá, son figuras de acción», la corregía, y por minutos me quedaba pensando en que una de las razones por las cuales había desistido de tener hijos, la más superficial sin duda, era precisamente esa: no quería arbitrar una convivencia accidentada entre un niño y esa colección que nadie entendía por qué seguía incrementándose y que yo, a mis casi cuarenta años, cuidaba con un celo que ahora solo se me ocurre calificar de infantil.

—Cuando tengas un hijo vas a tener que esconderlos —persistía mi madre. Rufina volvía a asentir sin dejar de pulir las ventanas.

—¿Esconder qué?

—¡Los bichos estos!

—¡Que no se llaman así! Además, no te preocupes, no voy a tener hijos —le aclaraba buscando zanjar la conversación.

—¿Acaso no me vas a hacer abuela?

—Mamá, ya eres abuela.

—Sí, pero me gustaría un nietecito más.

Rufina suscribía la afirmación con la cabeza mientras aporreaba los muebles con el plumero.

—Si Adriana y Rodrigo te escuchasen, se resentirían.

—Ellos ya están grandes, ya no se dejan engreír.

—¿Dos no son suficientes, mamá?

—No lo son.

—Podrías mandarle indirectas a Federico también.

—Con él no cuento, es muy chico.

—¿Muy chico? Mamá, ¡ya tiene treintaitrés!

—Quiero decir que está en su mundo, distraído con sus cosas, así que espero uno tuyo. Unito al menos—. Rufina asentía una vez más, ahora con una sonrisa.

—¿Unito? Eso dices ahora, pero si llego a tener un niño después querrás una niña…

—¿Y no sería precioso?

Parecía que mi madre gustaba de coleccionar nietos. Tal vez de ella heredé esa manía compilatoria de la que me he ido despojando con el tiempo. De niño coleccionaba diferentes objetos con gran disciplina. Primero fueron soldados de plástico; los vendían en las afueras del mercado, iban pintados completamente de verde y, según sus facciones y posturas, disparaban fusiles, cargaban bayonetas, lanzaban granadas, se arrojaban en paracaídas, se arrastraban por el suelo como lagartijas o recibían el ocasional impacto de un proyectil enemigo. Con esos soldados de mentira armaba guerras verídicas: largas tardes de batallas estruendosas, apocalípticas, desatadas en la Vietnam del jardín de la casa de mis padres, combates ruidosísimos, cuyos estallidos, bombas y estertores se oían solamente en lo más profundo de mi imaginación.

También coleccioné autos por montones. De la línea Matchbox y Hot Wheels. Los mejores eran de zinc y aluminio; de plástico los más ordinarios. Jugaba con ellos como si un diminuto álter ego mío los condujera. Abría sus puertecitas, sus capós, sus maleteras, los aceleraba y retrocedía temerariamente e inventaba todo tipo de dramas familiares o sentimentales al interior de esos Chevrolet Corvette descapotables, esos Chevy del 57 con el capó removible, esos clásicos Ford A, o los elegantes Lincoln Continental, los Supra, los Beach Patrol, los Pontiac, los Firebird; eran dramas que por lo general terminaban en derrapes, choques múltiples y vueltas de campana en los cerros y autopistas que nadie más que yo distinguía en las escaleras de la sala y en las caprichosas curvaturas de la alfombra.

En otra etapa junté cajetillas de cigarros, estampillas, latas de bebidas, imanes, llaveros y hasta periódicos (llegué a tener gruesos fardos de suplementos deportivos que documentaban completa la Eliminatoria Sudamericana para el Mundial de Fútbol México 86), pero ya sea por falta de perseverancia, y la mayoría de veces por apatía ante la obvia inutilidad de aquellas empresas, las colecciones poco a poco fueron decayendo, quedaban a medias y terminaban perdiéndose o desintegrándose.

Ninguno de esos conjuntos, sin embargo, pudo competir nunca con la esplendorosa galería de muñecas de mi hermana. Decenas de muñecas victorianas articuladas, de porcelana, con atuendos de época, boquitas pintadas, pestañas artificiales, rizos antiguos y una serie de detalles que delataban una minuciosa manufactura. Algunas se mantenían dentro de sus empaques originales, que simulaban urnas, lo cual las hacía aún más selectas e inalcanzables. Quizá para vengarme de ellas, de la perfección que irradiaban, o para castigar el lado femenino que «peligrosamente» despertaban en mí, cada vez que mi hermana salía de casa y cometía el garrafal error de dejar sin llave la puerta de su habitación, sometía a esas muñecas a las perversiones sexuales del temible Skeletor, la musculosa calavera azul que, cuando no combatía contra He-Man y los Masters of the Universe en pos del Castillo de Grayskull, se le daba por romper las urnas de plástico y escabullirse debajo del terciopelo de los pomposos vestidos de esas petrificadas mujercitas de aire escocés.

***

Me pregunto si al manipular juguetes de niño para crear atmósferas, conflictos, tensiones, enemistades, romances, venganzas, no estaba, de algún modo, precipitándome a los bordes de la ficción literaria. Recuerdo ahora los muñecos de Playmobil; pasaba horas concibiendo dilemas existenciales para esos piratas, indios, vaqueros, astronautas, granjeros, policías, pequeño burgueses y demás individuos que venían en unas enormes cajas azules plastificadas. Jugaba hasta quedarme dormido y desparramado sobre algún ambiente de la casa distinto de mi habitación. «Ya dejaste otra vez tirados los bichos esos», refunfuñaba mi madre a la mañana siguiente antes de «recoger ese desorden» y desbaratar las maquinaciones y dinámicas que, cuidadosamente, había confeccionado al separar los muñecos en grupos, clanes o bandos, asignándoles funciones que al día siguiente me era imposible retomar.

¿Acaso escribir no tiene algo de eso? Usar instrumentos de la realidad —juguetes, palabras— para crear con ellos una sociedad paralela donde dejas de ser un chico anodino, un hijo solitario, un desadaptado, y te conviertes en artífice de todo lo que ocurre o deja de ocurrir en ese nuevo mundo.

Cuando los juguetes dejaban de resultarme útiles o entretenidos, los rompía sin pena o los perdía sin culpa. Al revés de Natalia —que hasta el día de hoy guarda su primer Activity Center de Fisher Price y su histórico Baby Pilín— no conservo un solo cachivache. Todos los quebré, regalé, extravié, despanzurré. Mi abuela materna me regañaba frecuentemente por ser así de descuidado. «Míralo a tu primo Lalo, tiene todos sus juguetes ordenaditos en sus cajas», buscaba aleccionarme, sin darse cuenta de que así provocaba el efecto contrario. Por lo demás, mi primo Lalo no era el mejor ejemplo a seguir: hasta los quince años lo vi sangrar a mi abuela exigiéndole propinas que luego invertía en tronchos de marihuana que ni siquiera sabía fumar.

Al cumplir treinta años volví a coleccionar juguetes. No hablo propiamente de juguetes sino de muñecos, *Action Figures*, personajes de películas, series o dibujos animados, desde robots como El Vengador y Ultrasiete hasta réplicas a escala de El Padrino o de los villanos de *Kill Bill*, pasando por Batman, Snoopy, Bruce Lee, Caracortada, los emblemáticos de Star Wars, los Beatles, los Cazafantasmas. Más que un arrebato infantil, era una obstinación. Llegué a tener más de quinientos. Los compraba principalmente en las tiendas del Centro Comercial Arenales y cada vez que me iba de viaje regresaba con uno. En esos locales especializados podía apreciarse toda una tipología de clientes: los maniáticos, los frikis, los aficionados, los discretos, los curiosos, los fanfarrones, los advenedizos.

¿Por qué se me dio en esa época por coleccionar figuras de acción? Supongo que mi hormona de niño estaba aún muy activa. Acaso buscaba rodearme de esas presencias como una forma de protestar contra la adultez convencional, o de renunciar a contraer responsabilidades y compromisos. O quizá compraba y cuidaba esos muñecos como si así pudiera resarcirme ante la comunidad universal de juguetes por haber vulnerado en el pasado la integridad de algunos de sus miembros más dilectos.

Confieso que me apenó depositarlos en cajas y amontonarlos en un almacén del sótano de mi madre cuando me tocó venir a España. Previo a eso, como corresponde a un coleccionista que se respeta, inventarié las figuras, protegiéndolas con papel de burbujas y separándolas meticulosamente por género o especificidad: aquí los personajes de terror, allá los superhéroes y celebridades artísticas, más lejos los deportistas. No quiero pensar qué hubiese ocurrido de haber dejado esa tarea en manos de mi madre o, peor, de la señora Rufina, quien se tomaba muy a la ligera la tarea de limpiar los muñecos, pasándoles el mismo trapo que usaba para las superficies del baño y devolviéndolos a cualquier lugar de las vitrinas. Un día la dejé sola en el departamento y al regresar encontré a Edgar Allan Poe junto a Ronaldinho, al Joven Manos de Tijera al lado de Betty Boop y —en lo que ya fue el detonante para sacarme de mis casillas— a Indiana Jones junto al Capitán Cavernícola. Rufina juraba no haberlos movido de su sitio pero sus mentiras podían palparse. Nunca logré que comprendiera cuán indispensable resultaba para mi paz mental mantenerlos a todos en su ubicación y posición originales. «Usted ya no está para estas cosas, joven», me amonestaba, «no sabe lo bien que le haría casarse y tener un hijo».

***

Decir que Rufina se encargaba de cocinar, desinfectar, barrer y planchar sería reducir su rol a un vulgar catálogo de labores caseras. No. Lo que ella hizo durante los seis años que duró mi vida de treintañero soltero fue aún más meritorio: restauraba el sosiego en mi casa, avasallada a diario por la tempestad de mis apuros y distracciones. Por eso toleraba sus intromisiones en mi vida personal.

A lo largo de aquel periodo en que vivía a una distancia estratosférica de siquiera concebir la idea del matrimonio y la paternidad, es más, diría que convencido de no querer experimentarlas jamás, Rufina era uno de los dos personajes claves en la escenografía del día a día. El otro era Elías, mi psicoanalista.

Un día de hace más de diez años, me aparecí en su consultorio hecho un manojo de desesperación, gritando socorro con luces de bengala en las dos manos. Más que un náufrago parecía un adicto que, cansado de pincharse las venas, de andar de tumbo en tumbo, entendía al fin que había llegado la hora de pedir ayuda.

Desde el inicio, las sesiones de cincuenta minutos dieron resultados fructíferos. Elías me incitaba a hablar sobre mis desórdenes, dejaba que me explayara, me escuchaba con esmero desde un sillón mientras pulverizaba con las muelas caramelos de limón o de menta, y luego, con la pasmosa precisión de quien resuelve a ciegas un sudoku, organizaba mis frases, las vinculaba, las contrastaba, las hacía encajar. Así fue como empecé a reconocer ciertos patrones, agrupando vivencias en los estantes, divisiones y cajas fuertes que no sabía que amoblaban mi cerebro.

Siempre me dejaba la misma tarea inacabable: responder una montaña de interrogantes que, con el paso del tiempo, en lugar de disminuir, no hacían más que multiplicarse. Todo para descifrar de dónde salía mi absurda pero reiterada necesidad de devastar todo lo ganado y construido.

Fueron veinticuatro meses de vernos puntualmente dos veces por semana. Su tarifa era alta, pero no me exigía puntualidad en los depósitos, es más, en cierta ocasión hasta me exoneró del pago. No sé si fue por carencia de dinero —o porque no me gustaba del todo que alguien me cantara semanalmente mis verdades— que un buen día le pedí suspender la terapia hasta nuevo aviso. Él aceptó. Pasado un tiempo, sin embargo, lo busqué nuevamente con desespero. Me presenté de noche en el umbral de su puerta como un indigente aterido, o más bien como un perro atropellado, o como un animal menos noble, menos fiel, un animal sin especie, rabioso, lleno de pústulas.

Desde esa noche lo visito todos los lunes y subo los cuarenta peldaños de la escalera de su edificio con la avidez de un colegial que va a clases ganoso, dispuesto a aprender una nueva lección acerca de su geografía, su lenguaje, su química, su historia universal interior.

Todo iba bien con Elías hasta el día que hablamos de mi colección de figuras de acción.

—¿Sabes lo que decía Freud al respecto?

—Ni idea.

—Que «detrás de todo coleccionista hay un Don Juan Tenorio sustituido».

—¿Qué significa eso?

—Que los coleccionistas tienen la obsesión de sustituir con objetos las conquistas sexuales.

—Qué ridículo.

—No tanto...

—¿Quieres decir que estás de acuerdo?

—En parte. Freud dijo eso en 1875, pero diez años después cambió de opinión, entre otras cosas porque él mismo empezó a coleccionar antigüedades y ya no le gustó tanto su propia tesis.

—No tiene mucho sentido eso del Don Juan...

—Lo que sí es cierto, psicoanalíticamente hablando, es que la tendencia a coleccionar se basa en un juego entre la analidad, la oralidad, el falo y el fantasma de la castración.

—¿Analidad?

—Es un término alusivo a la «fase anal», una categoría acuñada por Freud para referirse al conflicto del niño cuando, a los dos o tres años, descubre el placer, lo cual genera un conflicto ligado al área anal. El coleccionismo de juguetes, por ser elementos lúdicos, actúa en sentido opuesto a la sexualidad genital, aunque no tiene por qué considerarse un sustituto del sexo sino más bien una actividad regresiva con rasgos narcisistas,ególatras y fetichistas.

—¿Y por qué hablabas antes del «fantasma de la castración»?

—Porque el acto de coleccionar posee un carácter fálico. No es casual que haya más coleccionistas hombres que mujeres.

—¿Así que soy narciso,ególatra, asexuado y tengo un conflicto con mi zona anal... por comprar un set de los Cuatro Fantásticos?

—Contra lo que estás pensando, no se trata de una patología negativa. Coleccionar también relaja, nos satisface, nos entrena en el orden, la paciencia, el aprecio por las cosas.

—No lo digas para compensar lo anterior.

—Lo digo en serio.

—Muy tarde.

***

Apretujados y a oscuras en un sótano, imagino a los muñecos aguardando ser liberados algún día. Cada mes llamo a mi madre para pedirle que les eche un vistazo y no olvide espolvorear sobre ellos granos de pimienta o un poco de bicarbonato que atenúe los agresivos efectos de la humedad de Lima.

Al venir a Madrid pensé que había dado por cerrada mi etapa de coleccionista de figuras de acción, pero me equivoqué. No he retomado la afición con la voracidad de antes —quizá por aquella conversación con Elías—, pero en el estante del mueble que tengo a tres metros del escritorio he reunido a una brigada muy variopinta. Desde aquí veo a los Rolling Stones, Tintín y Milú, Flash Gordon, Batman, Travis Bickle, Mi Pobre Angelito, El Hombre Invisible, Miyagi y Daniel San. Mis últimas adquisiciones han sido los personajes de *Tiburón*, Hooper y el Jefe Brody. Aún no consigo a Quint, el cazaescualos, el personaje que hace Robert Shaw, que tiene en la película uno de los mejores monólogos de la historia del cine. ¿Lo recuerdan?

Una noche, en el barco, en medio del mar, mientras beben y conversan sobre sus peripecias, Quint les explica a Hooper y Brody cómo sobrevivió al hundimiento del buque Indianápolis en el Pacífico en las postrimerías de la Segunda Guerra Mundial. Ahhh, sueño con ver esa película con mi hija, llegar a esa escena y decirle: «Mira, presta atención».

«Un submarino japonés le disparó dos torpedos al costado del barco. Yo había vuelto de la isla de Tinyan, de Leyte, donde habíamos entregado la bomba, la que

109

había de ser para Hiroshima. Mil cien hombres fueron a parar al agua, el barco se hundió en doce minutos. No vi el primer tiburón hasta media hora después, un tigre de cuatro metros, ¿ustedes saben cómo se calcula esto estando en el agua? Dirán que mirando desde la dorsal hasta la cola. Nosotros no sabíamos nada. Nuestra misión de la bomba se hizo tan en secreto que ni siquiera se radió una señal de naufragio. No se nos echó de menos hasta una semana después. Con las primeras luces del día llegaron muchos tiburones y nosotros fuimos formando grupos cerrados, algo así como aquellos antiguos cuadros de batalla, igual que había visto en una estampa de Waterloo. La idea era que cuando el tiburón se acercara a uno de nosotros este empezara a gritar y a chapotear y a veces el tiburón se iba pero otras veces permanecía allí y otras se quedaba mirándole a uno fijamente a los ojos; una de sus características son sus ojos sin vida, de muñeca, ojos negros y quietos; cuando se acerca a uno se diría que no tiene vida, hasta que te muerde; esos pequeños ojos negros se vuelven blancos y entonces, ah, entonces se oye un grito tremendo y espantoso, el agua se vuelve de color rojo, y a pesar del chapoteo y del griterío ves cómo esas fieras se acercan y te van despedazando. Supe luego que aquel primer amanecer perdimos cien hombres, creo que los tiburones serían un millar que devoraban hombres a un promedio de seis por hora. El jueves por la mañana me tropecé con un amigo mío, un tal Robinson de Cleveland, jugador de béisbol bastante bueno; creí que estaba dormido, me acerqué para despertarlo... se balanceaba de un lado a otro igual que si fuera un tentetieso, de pronto volcó y vi que había sido devorado de la cintura para abajo. A mediodía del quinto día apareció un avión de reconocimiento, nos vio y empezó a volar bajo para identificarnos. Era un piloto joven, quizá más joven que el señor Hooper, que nos vio y tres horas después llegó un hidroavión de la Armada que empezó a recogernos y ¿saben una cosa? fueron los momentos en que pasé más miedo, esperando que me llegara el turno; nunca más me pondré un chaleco salvavidas. De aquellos mil cien hombres que cayeron al agua solo quedamos trescientos dieciséis. Al resto los devoraron los tiburones el 29 de julio de 1945. No obstante, entregamos la bomba».

Si Natalia leyera esto, me llamaría la atención. «Cómo se te ocurre que Julieta va a querer ver *Tiburón*», diría. Lo que no sabe es que también planeo ver con ella *El Resplandor*, *La Profecía*, *Halloween* y *El conjuro* para entrenarla en la adrenalina del terror. Si fuera por mi esposa, sería mejor que Julieta debute viendo *El Rey León* o *Frozen*. Creo que tendremos que hilar fino para que la niña reciba nuestras influencias cinematográficas tan marcadamente opuestas sin que eso dañe su gusto estético. La crianza puede volverse una competencia o una confrontación entre los estilos y creencias de los padres. No sé cómo haremos para ir al cine los tres. ¿Iremos al cine los tres?

***

Antes de distraerme hablando de *Tiburón* decía que crear personajes literarios se parece a coleccionar muñecos: crees que son tuyos, que te pertenecen, pero en el fondo estás a merced de ellos, y sabes que una noche pueden cobrar vida, buscarte y acabar contigo, con tu lucidez, como en cierta forma ocurre en «Battleground», ese capítulo de *Nightmares and Dreamscapes*, la serie de Stephen King, donde un hombre es atacado por soldados y helicópteros de juguete. Recuerdo la historia perfectamente. Renshaw es un sicario que, inmediatamente después de matar a un fabricante de juguetes, vuelve a su departamento y encuentra

111

un enigmático paquete en el umbral. Pronto descubre que se trata de un juego completo de GI Joe Vietnam Footlocker que lleva el sello de la fábrica propiedad del hombre al que acaba de ultimar de tres balazos. La caja está llena de soldados verdes que habrían sido idénticos a los que yo coleccionaba de niño salvo por una gran diferencia: estos vivían, respiraban, y estaban armados hasta los colmillos; contaban incluso con lanchas, jeeps y helicópteros para movilizarse por el cielo, mar y tierra del departamento. En cosa de segundos la brigada empieza a disparar contra Renshaw, que se ve sorprendido por esas minirráfagas que le abren heridas microscópicas pero dolorosas. Atrapado en su propia casa, renqueando, desangrándose, cercado por esas miniaturas de combatientes que después de reducirlo le dan la oportunidad de rendirse, el asesino a sueldo arma una bomba Molotov artesanal para aniquilarlos, pero no le alcanza el tiempo: uno de los soldados se inmola dejando un explosivo termonuclear en las manos de Renshaw, que muere hecho pedazos.

Una vez viví algo parecido.

Estaba echado sobre la cama, mirando la tele. Demasiado despierto para ser casi la una y media de la mañana. En la pantalla daban puras tonteras: bingos telefónicos, películas repetidas, consultorios religiosos. Era, lo recuerdo, la primera noche que iba a pasar en mi departamento de soltero. La mudanza me había dejado exhausto y a esa hora se suponía que debía estar inconsciente, con el cuerpo retorcido, babeando la almohada de látex. Pero me costaba conciliar el sueño. «Debe ser la ansiedad del estreno», pensé.

Decidí obligar a mi cuerpo a que se anestesiara mostrándole la simple supremacía de la mente sobre la materia, del intelecto sobre el instinto. Me puse la pijama, me retiré los lentes de contacto, introduje mis huesos bajo las sábanas nuevas color acero y apagué la lámpara del velador para concentrarme. Pasaron cinco minutos y nada. Mi cerebro no quería desconectarse del mundo real. La mente y el intelecto no resultaban ser tan superiores después de todo.

Me decanté por el consabido truco de contar ovejas pero lo abandoné cuando la oveja número diecisiete tropezó al saltar la verja imaginaria provocando un choque múltiple entre sus compañeras. ¿A quién se le ocurrió esa idiotez?, mascullaba rodando sobre el colchón en busca de una posición que me hiciera llegar más rápido, sin escalas, a territorio onírico.

Puse la mente en blanco, aflojé el tronco, inhalé, exhalé, apliqué todas las técnicas del yoga —disciplina que, por cierto, jamás he practicado—, y de pronto sentí que mi cerebro, paulatinamente, como un mar que se esparce, comenzaba a desplazarse adquiriendo una suave propensión al sopor y al desvanecimiento. Sin embargo, cuando ya todo cuadraba, los vidrios de las ventanas crujieron y el suelo se movió. «Temblor, mierda», me sobresalté incorporándome al instante. El terrorífico fantasma que me había perseguido los últimos meses (que se desatara un cataclismo justo el día en que estrenaba mi departamento) cobró toda su forma. En lugar de correr hacia una zona segura —una columna, el marco de una puerta— me quedé inmóvil pensando en el dinero que me costaría la reparación de los adornos, platos, vasos, cuadros y espejos que estaban próximos a venirse abajo y quebrarse en microscópicos pedacitos. Mis cavilaciones apocalípticas se vieron interrumpidas cuando el aparatoso camión de la basura —verde y pesado como un rinoceronte de metal— pasó nuevamente delante del edificio provocando un segundo sismo de grado 2 en la escala de Richter de mis paranoias telúricas. Me sentí un tonto.

Volví a acostarme y tapé mi cara con la almohada. Quería dormir profundo como esas ratas enanas que son los lirones, cuyas dilatadas siestas pueden durar la envidiable cantidad de veinte días. Ecualicé mis sentidos en función de esa única tarea, regulé mi respiración y desenrollé mis párpados como si fuesen pesados telones de un teatro. Las nubes recortadas del sueño empezaron a asomar.

De pronto escuché un ruido. ¡Chuik!

Advertí que provenía de la sala pero traté de restarle importancia. De repente otra vez: ¡Chuick! ¡Chuik! ¡Chuik! Me asusté, abrí los ojos soñolientos lo más que pude, tragué saliva. Me senté en la cama. El ruido se repitió con más intensidad: ¡Chuik! Agucé el oído tratando de identificar la naturaleza del chirrido. La sola posibilidad de que un ladrón estuviera forzando la puerta de mi departamento con una ganzúa me debilitó. Toqué mi cuerpo solo para corroborar que estaba transpirando. Mi estómago se estrujó. «Un ratero», maldije callado, mientras me abocaba a la infructuosa búsqueda de algún objeto que pudiera servirme de arma. «Con qué le pego, con qué», me decía yendo de una esquina a otra de mi habitación, lamentando significativamente no haber cultivado nunca una afición por el karate, el tiro al blanco, el lanzamiento de jabalina o el béisbol.

El ruido se repitió, la adrenalina fue apoderándose de mí. Cuando el miedo dejó su lugar a la rabia, me parapeté detrás de la puerta del dormitorio con el único proyectil contundente que encontré: una vaca metálica del Cow Parade que, estrellada adecuadamente contra el cráneo del invasor, lo dejaría inconsciente en cuestión de segundos.

La vaca sonreía en mi mano sudorosa, yo no. Estaba tenso, agitado, pálido.

¡Chuik! ¡Chuik! ¡Chuik!

Dispuesto a defender mi casa avancé por el pasillo deslizándome en pantuflas. A cada segundo crecía mi inquietud por la identidad del asaltante. Preso de la desconfianza, repasé los rostros de los hombres que en las últimas semanas habían entrado para hacer alguna reparación. Todos me resultaron sospechosos. ¿Sería el flaquito bigotón que instaló el cable y no dejaba de mirar mi PlayStation? ¿O sería el canoso que trajo el sillón la otra tarde y me preguntó varias veces de cuántas pulgadas era mi televisor? ¿Y si se trata más bien del plomero, ese barbón con aspecto de evangelista y mirada perturbada que dos días atrás arregló una fuga de agua del baño y se mostró extrañamente interesado por mi colección de muñecos?

El ruido cesó solo para repetirse segundos después.

Exaltado, temeroso, asiendo la vaca con todas mis fuerzas como si fuese una piedra homicida, resoplé con firmeza para cerciorarme de que aún me quedaba aire en los pulmones y di un salto protagónico a la sala acompañado de un desafiante «¡quién está ahí, carajo!».

Mi vozarrón reverberó en el estrecho tragaluz del edificio. Encendí el interruptor de luz para poner fin al misterio y desenmascarar al enemigo.

El impensado intruso no era otro que un abejorro. Un abejorro redondo, negro y brillante como una aceituna. En su persistencia por atravesar una ventana, el horrendo bicho provocaba con su aleteo ese rechinamiento que tanto se parecía a una cerradura a punto de ser violentada. Pensé en exterminarlo de un chancletazo pero, a cambio, recordando las lecciones de mi hermano ecologista, abrí la ventana y lo dejé escurrirse en la noche. Coloqué a la vaca sonriente en su lugar y, todavía confuso, regresé a mi cuarto, mi cama, mi almohada, mi desvelo.

Ahora sí, un impensado agotamiento recorrió mi espina dorsal conduciéndome por fin al sueño esquivo. La angustia por el abejorro resultó ser un excelente antídoto para el insomnio. Sin embargo, en lugar de una marejada de dulces ensoñaciones, me vi atormentado por una pesadilla rocambolesca. En ella, mis muñecos desocupaban la vitrina donde eran exhibidos, se descolgaban y, en cuadrillas, como los zombis de *Thriller*, enfilaban rumbo a mi cuarto para vengar su cautiverio. Una vez allí fueron trepándose a la cama con la velocidad de unos hampones profesionales. Primero Freddy Krueger, después Hell Boy, Conan, Bruce Lee y El Hombre Plástico. Los demás, entre los que divisé a Jason, Aquaman y Ultrasiete, esperaban al pie del colchón haciendo las veces de campana. Mi cuarto era una moderna

Liliput y yo un dudoso Gulliver de metro sesenta y cinco, víctima de una emboscada a manos de esos macabros hombrecitos de plástico que yo mismo había adquirido juzgándolos inofensivos.

Los muñecos me aprisionaron tensando de un lado al otro del lecho los cables de los mandos del PlayStation. Traté de sobreponerme al ataque —igual que Renshaw frente a los GI Joe—, pero King Kong primero y La Hormiga Atómica después me tumbaron asestándome sendos puñetazos en los pómulos; luego, cuando estuve casi por liberar mi brazo derecho, Terminator y el Capitán América me redujeron a punta de indiscriminados escopetazos y disparos láser.

Capturado en mi propia habitación, viendo cómo esos engendros me practicaban las torturas más indecibles (Linda Blair, posesa, no dejaba de escupirme y propinarme patadas en el bajo vientre), entré en pánico moviendo la cabeza con desesperación hasta que emití un alarido que me despertó.

Emergí de la pesadilla como quien sale de un partido de fútbol luego de meses de inactividad: la boca seca, el pecho asmático, los músculos agarrotados.

No lo pensé más y tomé la única decisión que consideré aceptable: ir a casa de mi madre.

Eran las tres de la mañana. Apagué las luces, cogí mi billetera, mi celular y las llaves del departamento.

Al bajar por el ascensor, en el *hall* de entrada, me topé con un vecino, Jean Pierre, y una chica alta, de piernas torneadas, preciosa. Se notaba que llegaban de una fiesta o algo así. Jean Pierre me detuvo para presentarme a su nueva conquista, pero seguí de largo alegando una prisa inexistente; suficiente tenía con que me vieran así: en pijama, pantuflas, el pelo revuelto y cara de no haber descansado en años.

A lo lejos alcancé a oír parte de su conversación:

—Ese es el amigo escritor del que te hablé.

—¿Ese? Parece un duende.

Una vez que gané la calle, desconsolado por la cadena de amargos acontecimientos vividos, me arrastré con dirección a casa de mi madre. Algo me decía que en mi antigua cama hallaría la paz que se me había negado. El viento caliente de la madrugada me dio de lleno primero en la frente, el cuello, luego en la nuca y el dorso de las orejas. Nada más llegar advertí que no traía conmigo las llaves. Sin más opciones, toqué el timbre. La voz pastosa de mi madre atravesó el intercomunicador.

—¿Quién es?

—Yo. Voy a dormir aquí.

—¡Ay, hijo, por Dios, son casi las cuatro de la mañana! ¡Cómo me despiertas a esta hora!

—Lo siento, tuve un contratiempo.

—Por qué me tocas el timbre si tienes las llaves…

—Es que… no las tengo conmigo.

—¿¡Qué!?

—Ábreme, por favor.

—¡Qué jodido! Ahora tengo que pararme porque, encima, está malogrado el portero electrónico —renegó mi madre, chasqueando los dientes.

—Me dijiste que ya lo habías mandado arreglar.

—No seas conchudo, ¿quieres? Tú aquí no haces ni deshaces. ¡Si yo no me preocupo por las cosas, no se preocupa nadie!

—Lo siento, mami.

—¿Para eso te mudas? ¿Para venir a despertarme y criticarme? ¡Al final, la que se revienta soy yo!

Segundos después apareció mi madre envuelta en una frazada. No bien abrió la puerta se volvió murmurando su bronca. Aunque estaba de espaldas, noté cómo se ajustaba la bata. Siempre se la ajusta cuando está furiosa. Quise darle un beso pero se negó.

—¡Ya, ya! Pon la tranca y vete a dormir. ¡Qué jodido eres, caray! ¡Hijos, hijos, para eso los tiene una!

Esas últimas frases —tan quejosas, pero tan auténticas— eran la canción de cuna que mis oídos necesitaban. Me sorprendí a mí mismo bostezando y entré a mi excuarto, donde la cama estaba tendida todavía, como esperando recibirme, como si tuviera nostalgia de mi cuerpo. Nada más lanzarme sobre ella como quien se avienta a una piscina supe que estaba a punto de ingresar, al fin, a un sueño vasto, confortable.

***

Se me ocurrió hablar de juguetes porque hace unas horas estuve acomodando los que Julieta ha recibido como regalos adelantados. No deja de sorprenderme eso: mi hija todavía no está aquí, en el mundo físico, digo, pero ya hay objetos que son suyos. Pasa con los nonatos lo mismo que con los recién fallecidos: no están aquí, pero sí lo están sus pertenencias. Pero mientras las posesiones de los muertos aún parecen conservar algo de la energía que el dueño les transfirió mientras hacía uso de ellas en vida, los objetos de los bebés son vírgenes, no tienen pasado, están a la expectativa de la llegada de su dueño o dueña para empezar a significar. Días después de la muerte de mi padre me impactó abrir su guardarropa y ver sus camisas, pantalones, zapatos. El recuerdo del hombre se desprendía de esas prendas con tanta facilidad que me pareció que, como nosotros, también ellas reclamaban su presencia. Y no era solo su recuerdo sino su olor, donde se mezclaban el humor de su cuerpo, su perfume acostumbrado, el tabaco que nunca dejó de fumar. El aroma reconocible de mi padre estaba tan impregnado en sus camisas y abrigos que por mucho tiempo no pudimos desprendernos de ellos pues, de algún modo, eran lo único vivo que nos quedaba de él. Los primeros vestidos y camisetas de Julieta, en cambio, no huelen a nada más que a ropa nueva, olor que siendo agradable es tremendamente impersonal. Viéndolas colgadas en el ropero —el mismo que armé con ayuda de mi suegro— la ropas de mi hija se me figuran algo fantasmales: aún no están insufladas de la vida que pronto las ocupará.

Lo mismo se me antoja pensar con los juguetes. Miro las muñecas, las sonajas, los cubos para armar, los móviles para la cuna pensando cuál de ellos elegirá Julieta como favorito. Me entretengo especialmente con los animales de peluche, les pongo nombres, les invento atributos o defectos, imagino sus voces, los hago interactuar. En cosa de minutos he convertido la cuna en un corral donde están sentados en círculo, como en improbable consejo directivo, Dante, el Elefante Elegante; Simón, el León Renegón; Lillo, el Tigrillo con Moquillo; Mario, el Canario Ordinario; Camilo, el Cocodrilo Intranquilo; Pichuza, la Lechuza Andaluza; Conrado, el Venado Obstinado; Rafa, la Jirafa Huachafa; Alejo, el Conejo Disparejo; Morote, el Coyote con Bigote; Juancho, el Chancho del Rancho y Hache, el Mapache Rascuache. Mirando a esas bestias rellenas de algodón se me ocurre escribir un cuento infantil y me reconcilio con el escritor de cuentos que fui cuando era niño. Empiezo a tramar una historia. No se me hace sencillo. Los de la infancia eran cuentos de terror, alucinaba con monstruos, cadáveres, morgues, brujas, espantajos. En cambio ahora trato de concebir una historia inocente, divertida, ambientada en la selva a plena luz del día. Trato pero no puedo. Pienso en una fábula benigna, sin desdichas, un relato sobre la amistad o la superación o el reencuentro, pero cuando menos me doy cuenta aparecen otra vez los enredos, los malentendidos, el conflicto, la mentira, la traición, el dolor, la revancha, en suma, el drama humano, es decir, animal.

Convocados por el León Renegón, tanto la Jirafa Huachafa como el Chancho del Rancho han admitido frente a la comunidad que mantienen una relación secreta.

La confesión ha dejado, además de sorprendidos, completamente desengañados al Venado Obstinado y la Lechuza Andaluza, sus respectivas parejas. Como los animales no conocen la indulgencia, pero sí el odio, deciden vengar la infidelidad y contratan los servicios del Cocodrilo Intranquilo para que dé un escarmiento a los amantes traidores. Una noche el cocodrilo embosca a sus víctimas cerca de un pantano y procede a masacrarlos, primero al Chancho, que es quien ofrece más resistencia, luego a la Jirafa, que, culposa, se resigna a la paliza. Justo cuando estoy recreando esos combates cuerpo a cuerpo dentro de la cuna de mi hija, restregando a los muñecos como si lucharan por la vida que no tienen, imitando sus aullidos, haciendo los gestos y mohines que hace un niño para vivir más intensamente sus ficciones, justo ahí mi esposa ingresa al cuarto con una ruma de ropa de Julieta recién lavada y planchada.

—¿Qué haces? —me dice, con cara de no saber si reírse o llamar al 911. Al oír su voz suelto a los muñecos y repliego las manos de inmediato desactivando la escena.

—Nada, nada, aquí, ordenando —contesto, nervioso.

Natalia mira dentro de la cuna, donde el cocodrilo, el chancho y la jirafa se han recompuesto y vuelto a sonreír con mansedumbre, como si comprendieran que el rodaje de la película que venían protagonizando ha sido suspendido hasta nuevo aviso. El resto del elenco también disimula.

—¿Me pareció o estabas jugando con los peluches de Julieta?

—Por favor, ¡cómo se te ocurre!

Los animales, echo un vistazo, parecen guiñarme un ojo.

—Mejor ven y ayúdame con la ropa, todavía queda mucho por lavar.

—No entiendo por qué lavas la ropa nueva.

—Si leyeras otras cosas que no fueran tus novelas, sabrías.

—Explícame tú…

—Pues para que esté totalmente limpia, para que se quiten los restos de productos químicos y evitar que se irrite la piel de la bebé. ¿Entendiste?

—Sí, mi sargento.

—Tú siempre tan romántico.

***

En algún momento de nuestras vidas, a veces en la pubertad, la adolescencia avanzada o quizá antes, dejamos de jugar, saltar, dibujar, sentirnos libres. Dejamos de decir lo que pensamos. Empezamos a calcular, a querer agradar, a sentirnos juzgados por los demás y a construir una imagen de nosotros mismos a partir de ese juicio. Hay algo cruel en la paradoja del crecimiento. Uno quiere hacerse mayor sin saber que para serlo debe renunciar a su pureza. Cuando era niño quería sentarme en la mesa «de los grandes»: prefería escuchar las conversaciones de aquellos que interactuar con el público de mi edad. Ser promovido a esa mesa marcaba el fin de una etapa. Lo que no sabía, lo que nadie sabe —por eso todos caemos en la trampa— es que junto con lo bueno de los adultos también aprendemos lo peor de ellos, sus protocolos aburridos, sus diplomacias, su hipocresía, y cada aprendizaje arrasa una zona virgen de nuestra primera personalidad. Lo peor es que solo percibimos esa mutación, si acaso la percibimos, al convertirnos en adultos, pero entonces ya no nos aflige, asumimos que es lo normal, lo que tocaba o correspondía.

Recuperamos fugazmente parte de lo que éramos cuando, ya de grandes, tal vez con el pretexto de un cumpleaños infantil o algo parecido, nos subimos a un columpio, un carrusel, un monopatín, un carro chocón, una montaña rusa; cuando disparamos una pistola de agua, una metralleta de dardos de esponja; cuando lanzamos un *frisbee* o soplamos una máquina de hacer burbujas; cuando tocamos otra vez, después de siglos, una tira de plastilina o nos dejamos seducir por un bloque de ladrillos de Lego; o cuando tomamos los peluches de nuestros hijos, los bautizamos y fabricamos con ellos historias disparatadas.

***

—¿No te parece que le han regalado ya bastantes muñecas a Julieta? —le comenté a Natalia un día.

—Es normal, es mujer.

—Podrían regalarle carritos.

—Yo nunca jugué con carritos; ¿tú sí jugaste con muñecas?

Su pregunta disparó una cascada de imágenes en mi cabeza. Me vi a mí mismo, de niño, junto a Vanessa, mi hermana mayor, sentados los dos en el piso frío del hall de ingreso a nuestra casa, jugando yaxes. Yo la imitaba en todo lo que hacía, la seguía adonde fuera y, con tal de que me incluyera en sus planes, no me detenía a pensar si tal o cual juego era para niños o niñas. En los yaxes el truco radicaba en darle un buen bote a la pelota de goma y aprovechar ese intervalo para recoger del suelo, sin apuro pero con maña, la mayor cantidad de esas estrellas de metal que en otros países llaman *matatenas*. Cuando me inicié en el juego no pasaba de nivel Chancho y, cada vez que perdía, me quedaba al margen haciendo girar los yaxes en la palma de la mano; pero con entrenamiento adquirí más destreza y en poco tiempo alcancé nivel Tacu Tacu, que ya eran palabras mayores. Mi hermana, en cambio, se quedó en Levis con palmada.

También gracias a ella, o por su culpa, jugaba salto de ligas, que representaba un mayor desafío físico. A medida que la banda elástica iba remontando posiciones en el cuerpo, los participantes dependían únicamente de su altura y flexibilidad. Teníamos una prima de piernas gimnásticas que llegaba hasta los niveles Axila y Cuello y pegaba unos brincos olímpicos tomándose la falda para que no se le viera el calzón (precaución que, por cierto, no lograba su objetivo). Saltarín petiso, yo me estancaba en nivel Pantorrilla. Mi hermana, larguirucha pero descoordinada, no pasaba de Tobillo.

Donde Vanessa sí sacaba ventaja era a la hora de saltar la soga. El salto, si mal no recuerdo, iba acompañado de una tonada infantil alusiva al estado civil y ritmo reproductivo femenino: «soltera, casada, viuda, divorciada, con hijos, sin hijos, no puedes vivir, con uno, con dos, con tres...». Sin esforzarse, mi hermana llegaba hasta los cuarenta niños. Menos técnico, o más flojo, yo prefería jugar la variante «culebrita», donde había que eludir la soga mientras ondulaba a ras del piso y parecía despedir vibraciones eléctricas.

Lo que mejor nos salía a ambos, acaso porque ahí no competíamos, era jugar con los personajes de una casa de juguete de dos pisos, techo a dos aguas y timbre. Ella adoraba ubicar a los personajes en sus dormitorios, yo me solazaba ordenando las ollas en los reposteros, la vajilla diminuta en el comedor.

Con los años —seguramente persuadido por alguien que me hizo ver que todos aquellos eran «juegos de niñas»— quise reformarme en el patio del colegio a punta de canicas, fútbol, trompos y trompadas. Lo lograba con moderado éxito, pero al volver a casa sufría gozosas recaídas. Era inevitable: había crecido copiando a Vanessa, que es apenas unos años mayor; sus pasatiempos, sus gustos, eran los míos. Se me hacía normal escribir un diario, cocinar galletas, bailar las canciones de Menudo, enviarles a mis mejores amigos cartas que, claro, jamás devolvieron. Luego, en la adolescencia, nuestras aficiones se separaron, pero en esos primeros años, que fueron muchos y agitados, adopté sus costumbres sin discernir si eran «demasiado femeninas».

—A mí me gustaba jugar con muñecas —le contesté a Natalia.

—¿A qué jugabas con ellas? —se interesó.

Pensé en aquella mañana de mis cinco o seis años en que besé a Patilarga, una muñeca de casi un metro de altura que a mi hermana le habían regalado en Navidad. Era rubia, flacucha, de bucles ensortijados y, como su nombre lo sugiere, dueña de un par de piernas larguísimas y anoréxicas. Una morbosa curiosidad me llevó a hurgar en el cuarto de Vanessa, sustraer la muñeca y encerrarme con ella en el clóset. Una vez bajo esa tiniebla cálida, guiado apenas por los angostos rectángulos de luz que dejaban pasar las rendijas, apagué el fuego de mi ardor contra el plástico insensible de sus labios. Sentí algo áspero en la lengua y abrí el armario para escupir. El romance había terminado.

No fue lo único que recordé. También regresó a mi mente un episodio aún más penoso. Le dije a Natalia:

—¿Prometes no enojarte si te cuento algo?

***

SEXTO

Tendría once años. Tal vez doce. No más. Era de tarde, no recuerdo qué tanto pero el almuerzo había terminado hacía horas. Mi hermano Federico dormía o veía televisión. Todo empezó como un juego de mi madre y mi hermana. Se encontraban en el baño principal maquillándose, pintándose las uñas con esmalte, colgándose joyas del cuello, probándose aretes, peinados, moños, cerquillos, colas de caballo. Sus risas me llegaban desde lejos rebotando en las paredes del corredor. Quizá fui a buscarlas porque me había cansado de pegar afiches de fútbol, leer cómics o escuchar la radio. Un niño solitario también puede hartarse de sí mismo. No bien entré al baño voltearon, se miraron, me pidieron acercarme. Lo primero que llamó mi atención fue la cantidad de objetos de tocador dispersos en la encimera del lavabo: peines, pequeñas brochas, polvos y un penetrante olor tóxico que, imagino ahora, provenía del frasco del esmalte. El desorden me recordó al laboratorio de ciencias del colegio. También aquí iba a realizarse un experimento.

De la nada, colocado de espaldas al espejo, fui convirtiéndome en objeto de los caprichos de esas dos mujeres. Me puse en sus manos. Qué de malo podía pasar, digo, eran mi madre y mi hermana. Me gustó sentirme integrado, ser parte del clan. Quería reírme con ellas, causarles gracia, que me tomaran en cuenta. Mi hermana me pidió cerrar la boca y apretó una barra dura y pegajosa contra mis labios. Tenía un falso sabor a fresa. Al mismo tiempo, mi madre frotaba en mis mejillas, haciendo lentos círculos alrededor de mis pómulos, unas suaves esponjas impregnadas de un polvillo o talco que despedía un aroma agradable. Enseguida mis orejas se vieron sorprendidas por el peso de unos objetos colgantes que presionaban mis lóbulos aunque sin dolor. No recuerdo cuál de las dos empezó a repasarme el pelo con un cepillo grueso haciendo movimientos ondulantes y delicados de tal manera que, sobre mi frente, percibí de pronto la caída de un mechón de cabellos que segundos antes no existía. Intenté averiguar qué me hacían, pero a cambio solo recibía risas y expresiones sueltas como «espérate», «un ratito más», «ya vas a ver». Mi madre me pidió cerrar los ojos, me tomó de los hombros, giró mi cuerpo 180 grados y, solo cuando estuve delante del espejo, me dejó mirar. Antes, como para ponerle broche de oro al experimento, me envolvió con algo que mi cuerpo identificó como sábana o toalla, aunque su textura era menos rugosa.

«¡Ya, abre los ojos!», me conminó mi hermana.

Las risas dieron paso a un silencio expectante seguido de una carcajada que, me pareció, se oyó hasta los confines del distrito. Lo que ahora recuerdo es no haberme reconocido en la imagen de esa niña no tan fea, de flequillo uniforme, labios rojos y cachetes ruborizados que me devolvió el cristal. No podía ser yo, aunque lo era. Los aretes, me fijé, me daban una apariencia de muchacha independiente, segura de sí misma que, lejos de ofuscarme, me gustó. Y la mantilla de lino que cubría mi torso me reportaba un aire de mujer madura digna o de divorciada elegante que, la verdad, me sorprendió gratamente. Quise sonreír pero asumí que debía indignarme. Quise protestar pero no supe cómo.

Quien sí protestó fue mi padre, quien ya por la noche, al volver del trabajo o de donde sea, y enterarse por mi propia boca de lo sucedido, me hizo saber con una bofetada que aquello no tenía nada de divertido y sí mucho de humillante. También se enfadó con ellas y las resondró enérgicamente, pero si dejó sentir su molestia con alguien fue conmigo, por haber permitido que «vejaran» mi virilidad.

Con los años entendí de dónde nacía su enojo. No solo era producto de su conservadurismo machista o de su rígida y homofóbica formación militar, sino del terror a que se replicara entre sus hijos la misma «desviación» que «padecían» dos de sus hermanos, mis tíos Rafael y Mariano, los más rebeldes y divertidos, sobre quienes se tejía rumores de homosexualidad a pesar de que nunca dejaban de ufanarse de las mujeres que conquistaban. Cuando me hice adolescente, ellos se interesaban con frecuencia en cómo me iba con «las novias». La nulidad de mis éxitos me obligaba a inventar romances con chicas del colegio a las que luego me cohibía de mirar, como si estuvieran al tanto de mis mentiras.

Mi padre tenía una relación cariñosa con esos dos hermanos, pero jamás se refirió, al menos no en mi presencia, al modo en que llevaban su vida privada. Luego supe de algunos episodios escandalosos que en su día frustraron a mi padre, quien debió afrontarlos siendo ya un personaje público, tratando de que no dañaran su reputación de general probo. Por eso cuando se enteró de que su hijo de once o doce años se había travestido en un baño reaccionó con violencia. «¡No quiero maricones en esta casa!», exclamó con rotundidad antes de tirar un portazo e irse murmurando algo acerca de la rectitud moral y las virtudes de la hombría.

Eso fue lo que le conté a Natalia mientras ordenábamos la ropa de Julieta y hablábamos del contingente de muñecas de que era dueña nuestra hija sin todavía haber llegado al mundo.

—¿Dices que te gustó?

—Que me gustó qué…

—Disfrazarte de niña.

—No sé si «me gustó». No me ofendió, en todo caso.

—Me estás preocupando.

—¿Qué tiene de malo? Pasó hace más de treinta años.

—El tiempo no tiene nada que ver.

—Quiero decir, era un niño, estaba jugando.

—Eso no se llama jugar, se llama vestirse de mujer.

—¿No estás exagerando?

—Acepta que, por lo menos, es raro. En qué estaban pensando tu mamá y tu hermana.

—¡Era un juego, un chiste! ¿Acaso una vez tu mamá no disfrazó a tu hermana de hombre?

—Es muuuy diferente. Fue para una actuación en un colegio de mujeres, donde es normal que alguna chica haga los roles masculinos. Además, mi hermana solo se pintó el bigote y estuvo de acuerdo, nadie la forzó.

—Yo también estuve de acuerdo. Si me hubiese sentido incómodo, me habría largado de ahí.

—Eso es precisamente lo extraño. ¿No crees que pueda haberte generado algún trauma?

—¿Qué?

—No te rías, no es broma.

—Es que es una tontería, Natalia. ¿Acaso crees que la vestimenta influye en la identidad sexual?

—Un adulto puede vestirse como quiera y tener la sexualidad que prefiera, pero inducir a un niño…

—No fue inducción, fue un juego. ¡Pasó una vez nada más!

—Tú una vez me contaste que a Oscar Wilde su madre lo vestía de niña y que él terminó…

—Sí, pero Wilde no se hizo homosexual porque lo vistieran de niña. Nació homosexual. Nadie se hace homosexual porque le pongan un vestido encima. A Hemingway su madre también le ponía ropa de mujer y no hay nada ni nadie más alejado de un gay que Hemingway.

La conversación terminó allí pero continuó en mi cabeza. Durante los minutos e incluso días siguientes me quedé pensando, no tanto en aquella anécdota para mi gusto anodina a la que Natalia había cargado de un significado que no tenía, sino en el tema de fondo, la sexualidad, en todas las veces desde la adolescencia en que me había formulado preguntas al respecto, porque a lo largo de los trece, catorce y quince años me las hacía constantemente mirándome al espejo por largos minutos. Y me las hice con más persistencia cuando empecé a sentirme atraído por otras personas, a ser consciente de la mirada de los demás, a descubrir mi cuerpo, a tocarme, a sentirme excitado cuando pasaba al lado de una chica, y a veces hasta de algún chico. Porque sí, me gustaban las mujeres, vivía enamorado de una niña de la escuela que ni sabía que yo existía (salvo por los momentos en que me pedía prestado el tajador), pero a la vez había muchachos —en el colegio, la calle, el mundo— en los que podía reconocer la belleza que me faltaba. No sabía si los demás chicos de mi salón también apreciaban lo hermoso de aquellos jóvenes, si también, como yo, envidiaban secretamente la armonía de sus facciones, el color de sus ojos, lo impecable de sus sonrisas, la esbeltez o seguridad que los volvía magnéticos o si, por el contrario, no les parecía lícito albergar esos pensamientos o si los espantaban como moscas o si ni siquiera les nacían. Jamás compartí esas dudas con nadie. Nadie habría entendido que, gustándome las mujeres como me gustaban, sufriendo por ellas como evidentemente sufría, pudiera sentirme a la vez atraído por un hombre, no de un modo sexual pero sí por la inteligencia o energía que irradiaba. ¿Sería acaso homosexual? ¿Tal vez bisexual? Me hice esas interrogantes innumerables veces durante esos años difíciles en que crecer consistía en mirar, descubrir y constatar el lugar que a uno le ha tocado en suerte.

Mi lugar no era el más cómodo. Siendo bajo de estatura, evitando mirar de frente para que no asomaran mis orejas parabólicas, con un aspecto carente de toda gracia y una timidez que no hacía sino acentuarse año tras año, era natural que las chicas me trataran con la indiferencia que se le depara a una piedra. Natural pero frustrante. La mayoría de ellas me veía como a uno más del montón; en el mejor de los casos, me consideraban el amigo capaz de sacarles una sonrisa con alguna broma o gesto digamos chistoso, pero incluso esos raptos efectistas de comedia involuntaria eran eso, hipos, exabruptos, en ningún caso expresiones de un rasgo intrínseco de mi personalidad. El pavor al rechazo lograba que no me expusiera, que no traspasara los límites que las mujeres trazaban con ese trato cordial aunque distante. Era mejor invertir el tiempo con mis cinco o seis amigos más fieles, esos otros retraídos que también pasaban desapercibidos y con quienes a solas, en confianza, podía ser desinhibido y seguro de mí mismo. Había uno en particular, Gerardo Olivera, cuya compañía me hacía sentir bien por el dominio con que hablaba de temas que a mí me resultaban por completo desconocidos. Mujeres, drogas, alcohol, la noche, la calle más allá de Miraflores. Gerardo tenía un vecino unos años mayor a quien apodaban «La Hiena». Era él quien lo instruía narrándole con lujo de detalles sus aventuras sexuales, aventuras que luego Gerardo me contaba como si él las hubiera vivido o atestiguado. Ese mismo vecino le enseñó a tocar en guitarra canciones de Guns N' Roses y lo buscaba todos los domingos para ir al estadio, a la tribuna Norte, a ver jugar a Universitario, nuestro equipo, cuyos partidos yo solo seguía a través de la radio. No tardé en darme cuenta de los celos que «La Hiena» despertaba en mí. Nunca lo admití frente a Gerardo.

***

Me gustaría saber si esas cosas se transmiten, me refiero a la sentimentalidad, la fragilidad, cierta predisposición a lo ambiguo. A fin de cuentas, no todo lo que los padres quieren transmitir es heredado por los hijos, y no todo lo que los hijos heredan es voluntariamente transmitido por los padres.

No necesito aplicar un sondeo entre las personas de mi entorno para saber lo que esperan de sus hijas, o de las hijas en general: que sigan el «curso natural» de las niñas nacidas dentro de familias convencionales, que sean femeninas, que se entusiasmen con muñecas y coloretes, que llegado el momento se enamoren de jóvenes empeñosos, mejor si son apuestos, con quienes casarse por la Iglesia y formar un hogar de por lo menos cuatro miembros. Es natural que familiares de Natalia y míos aguarden lo mismo para Julieta.

Yo solo espero que sea feliz, tanto si sigue la opción más tradicional como cualquier otra. Igual la alentaré. Eso creo. Es decir, me reivindico liberal, progresista y tolerante, pero mis principios solo serán puestos a prueba el día que mi hija me cuente algo inesperado, algo que me parezca en principio inadmisible o que no coincida con mis expectativas ni con lo que estimo correcto. Solo ahí se revelará el verdadero material del que están hechas mis ideas y sabré cuánto se ha difuminado el machismo que de niño vi tan normalizado a mi alrededor.

Prefiero no imaginar el futuro personal o profesional de Julieta. Los padres suelen decepcionarse cuando esperan que sus hijos se conviertan en algo específico. «Los padres quieren que sus hijos sean perros, pero los hijos siempre son gatos», dice Alejandro Zambra. A mí me ponen nervioso los padres que azuzan a sus hijos a ser competitivos desde pequeños y los inscriben en escuelas deportivas, academias de ciencias y cursos de verano con el único propósito de ser número uno. El pretexto es recreativo o formativo, pero los niños acaban sometidos a feroces niveles de exigencia a una edad en la que deberían estar armando aviones de papel, enviciándose con dibujos animados o jugando en el vecindario con amigos, ya sean estos imaginarios o reales.

Es posible que para ciertos hijos aquel rigor sea a la larga beneficioso, quizá se vuelven seres disciplinados en la vida gracias precisamente al temprano conocimiento de un mundo donde impera la cotidiana medición de fuerzas, sin embargo, cuando veo a un padre empecinado en que su hijo triunfe a toda costa, un padre que monta en cólera cuando su hijo falla o pierde, cuando regresa a casa con notas desaprobatorias o sin la esperada convocatoria al equipo de fútbol, la orquesta sinfónica, el cuadro de brigadieres o lo que fuere, veo en realidad a un niño fracasado metido en el cuerpo de un adulto, un niño angustiado tratando de vengarse de su pasado, de las veces en que no pudo o no supo cómo sobresalir, cómo ganar una carrera, cómo tocar un instrumento, cómo meter un gol, cómo imponerse en determinado concurso, cómo resaltar, cómo ser lo que todos esperaban que fuese.

No sé si mis padres tenían expectativas en lo tocante a mi desempeño. ¿Qué esperarían? Mi padre nunca me insinuó qué carrera debía elegir, aunque durante los años de primaria y secundaria no me dio tregua con las calificaciones. Tras un inicio prometedor en la primaria, con una reiterada pero a la larga efímera figuración en el cuadro de honor, resulté ser un fiasco en secundaria, un alumno mediocre que a las justas si aprobaba los cursos que él juzgaba eran los importantes, como matemáticas, historia, física e inglés. Imagino que se frustraba cada vez que le llevaba la libreta salpicada de notas escritas en rojo y que de esa frustración nacían las formas autoritarias con que pretendió corregirme.

Mi madre, por su lado, se volvió muy persistente con el asunto de la diplomacia. Soñaba con que su primer hijo hombre viajara por el mundo vistiendo traje, alternara con funcionarios internacionales, departiera con cónsules, príncipes, duques y mariscales en cócteles de embajada similares a los que ella iba del brazo de mi padre.

Durante los meses previos al fin del colegio investigué entre amigos mayores que cursaban los primeros ciclos en la academia diplomática para ver qué tan complicado resultaría ingresar. Cuando uno de ellos me informó que había que aprobar hasta siete exámenes para quedar en el pelotón de finalistas, supe de inmediato que mi madre se quedaría sin el canciller que tanto ansiaba. Odiaba la competencia, la presión, las sigo detestando, en nombre de ellas la gente se vuelve animal, indolente. En varias de mis pesadillas me he visto sentado en un pupitre —las manos sudorosas, el gruñido intestinal— haciendo denodados esfuerzos por resolver pruebas a contrarreloj en las que no tengo que razonar sino marcar la alternativa correcta en un test de opciones múltiples. En el sueño nunca logro completar suficientes respuestas válidas y, apenas anuncian que quedan «solo cinco minutos», golpeo la mesa, trituro con las muelas caramelos para los nervios, rompo los lápices. La tortura acaba cuando suena el timbre, ruido estrepitoso que a la vez me devuelve a la transitoria vigilia.

Hoy pareciera que los padres tienen cada vez menos influencia en las decisiones que toman sus hijos. O será que los hijos crecen más empoderados, adquieren desde muy jóvenes conocimientos que en muchos casos rebasan el bagaje de sus padres y, por tanto, están menos dispuestos a considerar sugerencias si no les resultan mínimamente interesantes para su futuro. A veces me entretengo imaginando el día en que mi hija vendrá a plantearme sus inquietudes. Ya sé, recién está por nacer, pero la imaginación, al menos la mía, vuela figurándose situaciones que suelen ser cruciales. Imagino a mi hija, una tarde o noche, con trece o catorce años, puede que antes o después, diciéndome que tiene claro lo que quiere o no quiere ser. Qué momento: la criatura pasa a delinear su lugar en el mundo, a escrutar el destino con sus propias palabras. Se hace singular. Decantarse por un oficio o carrera, sobre todo si esta no guarda relación con los quehaceres paternos, es tal vez la primera señal oficial de independencia de una persona; antes de eso los hijos son básicamente autómatas, desde que nacen hasta que logran darse cuenta de la dinámica de su entorno no tienen más remedio que decir sí a todo. Las condiciones en que viven pueden ser o no confortables, pero elegirlas no es algo que esté supeditado a sus opiniones. ¿Qué elige un hijo? Nada. Ni las normas, ni las creencias, ni el barrio donde crece, ni el tipo de educación que recibe, ni el nombre que lleva, ni el rol que ejerce dentro del clan, ni el lugar que ocupa en la mesa. Nada de lo que irá definiendo su personalidad le es consultado. Su falta de criterio (o lo que los adultos asumen como falta de criterio) lo inhabilita para decidir, así que tiene que acatar unas imposiciones que lo marcarán de un modo irreversible. Algunas de las decisiones no negociables de nuestros padres, por supuesto, pueden cimentar nuestro carácter y hacer de nosotros personas de provecho, pero no siempre. Esas primeras decisiones paternas crean en nuestra conciencia un sedimento tan resistente que, incluso si más tarde, al cumplir la mayoría de edad o antes, renunciáramos a algunos de esos influjos o procuráramos subsanarlos abrazando otras creencias, cambiando de bando ideológico, mudándonos de barrio o modificando nuestro nombre, es decir, creando nuestras propias circunstancias, ni siquiera entonces nos liberaremos del todo de las matrices que nos implantaron, del molde con que fuimos criados.

***

¿Qué futuro le espera a mi hija? ¿Saldrá científica como su madre o heredará mi vocación por construir vidas y mundos con palabras? A lo mejor su sensibilidad resulta ser otra y opta por caminos novedosos. Quizá no vaya a la facultad. Quizá sea un genio. Quizá no. Lo único que no me gustaría es que carezca de iniciativa y se convierta en una muchacha que viva a expensas de otro, a la espera de que alguien solucione su vida. Pero incluso si así fuera, no tendré más remedio que aceptarlo. Eso hacen los hijos con los padres: entrenarlos en aceptar lo que era inaceptable. Alguien dirá que también los hijos acaban por aceptar a sus padres, pero un padre que modela, forma, conduce —o cree que modela, forma y conduce— acepta con más resignación o más generosidad a un hijo que se convierte en todo lo contrario a lo que él anhelaba.

No tengo motivo alguno para pensar que mi hija será una mala persona —haré todo lo que esté a mi alcance para que no sea así—, pero qué ocurriría si pese a mis esfuerzos y los de su madre ella acaba apropiándose de un estilo de vida problemático o tóxico. Qué ocurriría si daña a un tercero. Si embauca. Si estafa. Si hiere. Si mata. Los hijos sufren y acaban sintiendo lástima o vergüenza cuando les toca un padre ludópata, alcohólico o agresivo, pero saben que no son responsables de esa suerte. En cambio, si es el hijo quien se corrompe, el padre arrastrará culpas hasta el final de sus días. Debo estar preparado para el orgullo, para la aceptación; también para las culpas.

Al final, los hijos «son como son». Uno puede poner todo su empeño en tallarlos como esculturas, pero a la larga ellos reclaman su propia forma. Pueden tardarse, pero lo harán. Y si no lo hacen, es posible que consigamos hijos clones que se ajusten a nuestro ideal, pero terriblemente inseguros, sin voz, sin peculiaridad. Al educar a sus hijos para que no repitan sus errores, ciertos padres se olvidan de que hay fuerzas biológicas o sanguíneas anteriores a sus hijos, incluso anteriores a ellos, fuerzas difíciles de doblegar, que son portadoras de vicios y desperfectos que una educación virtuosa intentará neutralizar sin éxito.

***

Hoy martes tuvimos nuestra primera charla de capacitación para el embarazo en el centro de salud del barrio. Entré a la clase tomando a Natalia de la mano. El título del curso, escrito en la pizarra negra con una caligrafía de maestra de Inicial, era «Educación Maternal Grupal». Los muros lucían cartulinas con definiciones, mensajes, fotos y dibujos alusivos al tema. «No hay manera de ser una madre perfecta, pero hay un millón de ser una buena madre» (Jill Churchill, escritora norteamericana); «Cuando se es madre, nunca estás sola en tus pensamientos» (Sophia Loren). Frases así. En un mueble, unos muñecos de bebés esperaban desnudos su turno de cobrar protagonismo.

Según el programa, iban a enseñarnos, entre otras cosas, las técnicas de respiración más apropiadas durante el alumbramiento y a darnos instrucciones básicas para el posparto, la lactancia y las atenciones al recién nacido. Puede ser divertido, pensé, mientras me acomodaba en mi sitio.

Éramos doce parejas, la mayoría primerizas, sentadas en círculo, barajando dudas, descartando mitos, intercambiando consejos. Las mujeres decían sentir los mismos síntomas y antojos, se reían celebrando las coincidencias. Los hombres nos mirábamos sin estirar los labios, conscientes de nuestro rol secundario.

De repente ingresó una señora, se presentó como «Isabel, la matrona» y saludó al auditorio con sequedad. Era una mujer alta, de unos sesenta años. Se movía con pesadez, sin ganas de disimular su hartazgo por tener que impartir el curso una vez más. Después de repartir separatas nos instó a compartir nuestras expectativas en voz alta. Con miradas indagadoras, encontraba la forma de retocar cada respuesta: no había forma de salir ileso. A medida que se acercaba a mi posición sentía los nervios propios de un examen oral. Cuando llegó mi turno, quise romper el hielo con una broma. Nadie se rio. A mi lado, Natalia, oscilando entre el bochorno y la contrariedad, bajó la cabeza. La matrona desvió hacia mí una mirada llena de aversión, como diciéndome si lo tuyo es la comedia te has equivocado de lugar.

Minutos después, inició la clase formalmente. Empecé a tomar rápidas notas en mi libreta, pero la matrona hablaba a tal velocidad, sin pausas, proporcionando una gran cantidad de datos acerca de «los cambios fisiológicos y psicológicos durante el tercer trimestre del embarazo», que en segundos mi letra se tornó ilegible, taquigráfica. La mano derecha se me entumeció. Encima la mujer usaba términos que no era sencillo aterrizar en una imagen: «higiene postural», «suelo pélvico», «episiotomía», «técnicas de afrontamiento del dolor», «cuidados del puerperio», «tapón mucoso». Miré alrededor y, para mi sorpresa, todos, Natalia incluida, asentían con familiaridad, como si estuviesen repasando juntos una lección aprendida meses atrás, como si traer una criatura al mundo ahora fuera una tarea de lo más simple. Igual que en las remotas horas de aritmética o química del colegio, me sentí extraviado en un insondable agujero negro y me dediqué a hacer dibujos en la última hoja. Mi primera víctima fue, desde luego, la matrona. La dibujé cegatona, chimuela, fofa, los pechos caídos, los rizos como alambres, la nariz ganchuda, el bozo poblado, los pies enormes.

«¡A ver, usted, responda!», oí de pronto. Al levantar la vista, la descubrí señalándome.

«¿Yo?», dije, tratando de ganar tiempo. «Sí, usted», confirmó. Ahora me parecía verla idéntica a Ramona O'Higgins, la colérica profesora de inglés que traumó a generaciones en la secundaria de mi colegio; solo le faltaban los lentes de carey, la gruesa vara de madera en la mano y esos zapatos negros que, en el caso de Miss O'Higgins, dejaban al descubierto unas uñas temibles. Por un momento pensé que pediría ver mi cuaderno de notas y sentí frío: cómo explica un hombre de cuarentaiún años unos dibujos como aquellos.

«A ver, dígame», arrancó la mujer, «¿para qué sirve el masaje de periné?».

Me quedé estático. Noté en su mirada un malicioso brillo de satisfacción. Natalia, movilizando todos sus músculos faciales, me suplicaba responder. Parecíamos estar en un programa concurso donde dependía de mí ganar el soñado viaje al Caribe con todo pagado. El suspenso se percibía en el aire de la sala. Sentí la presión de veinte pares de ojos posándose sobre mí; hasta los muñecos-bebés parecían interpelarme con sus inanimadas pupilas acrílicas. En algún lugar de mi cerebro sonó un largo redoble de tambores y se oyó una cuenta regresiva. Dónde carajo queda el periné, vacilé por dentro, volviendo con vértigo a las clases de anatomía del colegio, dándome reproches retroactivos por no haber prestado atención, por haberme dedicado allí también a dibujar profesores en las últimas hojas del cuaderno. Hice memoria: periné-periné-periné. ¡Claro!, celebré, seguro de haber dado en el clavo, y abrí la boca dispuesto a poner en su lugar a esa señora malgeniada, y desatar aplausos solidarios entre los futuros padres. «El masaje de periné sirve para evitar los calambres», respondí, ganador, tomándome la pierna derecha a la altura de la canilla. Las risas, ahora sí, estallaron contra paredes, techos, ventanas. Los muñecos-bebés cerraron sus ojos. «¡Que ese no es el periné, hombre! ¡Ese es el peroné! ¡Pe-ro-né!», me reprendió despectivamente la matrona. El timbrazo de «respuesta errónea» zumbó en mi mente. Natalia negó con la cabeza: sabía muy bien que había fallado, que el periné quedaba en otra parte, que ya no viajaríamos al Caribe.

En una clase posterior se nos pidió trabajar en grupos. Nos unimos a la pareja más cercana, Lola y Javier, dos gorditos asturianos que hablaban hasta por los codos y siempre tenían algo que añadir a las explicaciones de la matrona. A pesar de eso, me cayeron bien, pero solo hasta que advertí que Javier trataba a Natalia con una calidez que no venía al caso: la tomaba del brazo, la piropeaba sin empacho, le hacía comentarios inadecuados con toda desfachatez. Una tarde Natalia se puso una blusa algo ceñida y el gordo no podía quitarle la vista de encima. Por sus ademanes libidinosos me pareció que buscaba entrever la desnudez de mi mujer. Disgustada, Natalia me apretó la mano como pidiéndome intervenir. Lo volvió a hacer segundos después. Nunca me han gustado las peleas, pero sentí la obligación moral de atajar a ese tipo que venía propasándose. «Mejor no generar tensiones en el grupo», me pidió Natalia justo antes de que actuara. La escuché con alivio, pues si actuaba, si la discusión llegaba a las manos… solo habría llegado a las manos del gordo Javier.

«Más vale maña que fuerza», solía arengar mi madre cuando me veía lidiar con la recia tapa de un frasco o con una cerradura antigua que no cedía. Eso era lo que había que hacer ahora también: usar el ingenio. Para frenar los coqueteos de Javier decidí darle una cucharada de su propia medicina comportándome igual de zalamero con Lola, su esposa. Tan mala suerte tuve que Lola empezó a corresponderme creyendo que lo mío iba en serio. «Nos ponemos guapas las embarazadas, ¿a qué sí?», me decía, suavizando la voz, haciéndome ojitos, sobándose la panza y las piernas, gesticulando de formas que uno no esperaría en una madre a pocos meses de parir. El gordo ni se daba por enterado, él seguía hablándole a mi esposa, alardeando de sus viajes por aquí y allá e invitándola —también a mí, al menos tuvo esa deferencia— a la casita de campo que tenían en las afueras de Madrid «una vez que los críos nazcan».

¿Por qué no hicimos grupo con Silvia y David, tan simpáticos, tan tranquilos, tan monosilábicos?, pensaba, mirando el reloj en forma de útero que colgaba de una columna, contando los minutos para empezar la gimnasia prenatal con las pelotas *fitball*. Era lo más divertido de la clase: las mujeres se sentaban sobre esas pelotas para fortalecer brazos y cintura, dar flexibilidad a la pelvis, tonificar tanto pectorales y abdominales como muslos y nalgas. A los hombres, en cambio, se nos pedía simplemente rebotar y respirar con cierta coordinación. Había algo gracioso y patético en ver a todos esos hombres maduros, serios, algunos con bigote, algunos empresarios de traje, dando brincos sobre unas esferas de plástico. El más chistoso, por supuesto, era el gordo Javier, cuya humanidad desbordaba por completo la circunferencia de la pelota dando la sensación de que iría a reventarla de un momento a otro. Se le veía muy concentrado, como si intentara domar sin éxito un potro o más bien un hipopótamo salvaje. Al verlo, las matronas se ponían nerviosas y le asignaban cualquier tarea con tal de conjurar la posibilidad de un accidente. «Javier, ven, rellena esta encuesta», «Javier, mejor hazle masajes a Lola», «Javier, ¿nos traes un café de la máquina?», le decían, desatando una risotada general a la que yo contribuía con una estruendosa carcajada.

***

Viernes. Milán, aeropuerto de Malpensa. Estamos por despegar rumbo a Beirut, para el bautizo de Gaspar. Esta es la primera vez que, gracias al embarazo, es decir, gracias a Julieta, abordamos el avión antes que los demás pasajeros. ¿Qué hará Julieta por nosotros cuando sea mayor? No me refiero a sorpresas ni favores, sino al tipo de compañía que nos prestará cuando seamos un par de ancianos achacosos. Si antes vivía obsesionado con el pasado de mi padre, ahora lo hago con el futuro de mi hija. Dos territorios igual de inabarcables, tan ajenos, tan separados, tan simultáneos.

***

Hicimos un viaje a Mallorca para descansar. El último viaje oficial de Natalia, que ya tiene siete meses de embarazo. Desde entonces he estado inmerso en el lanzamiento de mi novela. De una revista chilena me han pedido escribir una carta para mi hija. Desde la noche de ayer solo pienso en esa carta. Ahora mismo, aquí en el metro, rumbo al San Gerónimo para la última ecografía,

142

pienso en qué decir sin sonar cursi, pontificador, aburrido o empalagoso. [Estamos llegando a la estación de Islas Filipinas, continúo después].

***

Última ecografía. El perfil se aprecia nítido; mirándolo con detenimiento he visto que Julieta tendrá una nariz similar a la mía. Su corazón ya no suena como un caballo desbocado sino como un canto de ultramar, hay algo marino en ese ruido, como si mi hija anunciara desde el fondo de un océano su próxima aparición. La mala noticia es que persiste una falla presentada en la arteria uterina. Saber que a Julieta no le llega todo el flujo alimenticio necesario me pone los nervios de punta. «Tiende a ser pequeña», aseveró la doctora, «Miss Simpatía», siempre tan impávida. La miré mal, como imputándole la culpa que no tiene.

Hoy he visto la última foto de mi hija en el vientre de su madre y mañana viajo a Lima a presentar una novela sobre mi árbol genealógico. ¿Se cierra un círculo? ¿Se traspone una frontera? Esta espera es tan emocionante y confusa como estar al borde de un remolino que empieza a engullirte con delicadeza.

***

Mi visita a Lima está resultando extenuante. Tengo la cabeza partida entre mis próximas actividades en la feria y la evolución del embarazo de Natalia en Madrid. No pasa un solo día sin que la llame para monitorear su estado. Es poco lo que puedo hacer desde tan lejos, pero es importante oír sus reportes diarios acerca del cansancio, los antojos, las evaluaciones en el hospital. Por lo general, le doy la razón o me quedo callado. Durante estos meses

143

me ha quedado claro que ese es mi papel: escuchar, asentir, aguantar. Si algo he aprendido es que, en lo referido a la maternidad, los hombres somos ignorantes. Cualquier sugerencia o iniciativa, por muy informada que parezca, es superada con creces por la sabiduría de la embarazada, por el conocimiento acumulado y transferido. No sé si es algo intuitivo, quizá sea cultural, pero algunas mujeres, no todas, dan la sensación de haber venido al mundo con información incorporada que sacan a relucir una vez que el embarazo toma cuerpo. Conozco mujeres vacilantes que, producto de los cambios hormonales y psicológicos de la gestación, se convirtieron en seres más resolutos. Los hombres, o ciertos hombres, tercos en nuestro egocentrismo, porfiamos dándoles a veces consejos ridículos que creemos atinados, pero que ellas descartan al segundo de haber escuchado aunque por fuera disimulen considerarlos. Uno quiere colaborar, participar del proceso reproductivo con algo más que una contribución espermática, aportando quizá un comentario, un enfoque, un punto de vista, pero lo cierto es que las mujeres encinta, o ciertas mujeres encinta, necesitan nuestra compañía, no nuestra opinión. Necesitan que las abracemos, que las secundemos, de ser posible sin abrir la boca. No hay ser humano más lúcido que una mujer embarazada. Tampoco hay uno más frágil. Un hombre, en cambio, por más manuales, catálogos, guías o documentales que consulte, por muy involucrado que se muestre, puede terminar sintiéndose accesorio. Yo recién me sentí crucial el día que descubrí que mi hija podía escucharme. Una noche balbuceé unas palabras y ella, desde el lugar en que se encontraba, ese habitáculo fabuloso que debe ser el útero, estiró la piel del vientre de su madre empujando un brazo o una pierna, en lo que parecía ser un entusiasta indicio de desconcierto ante la voz que le llegaba desde el exterior. Fue como hacer contacto con otro mundo, otra dimensión, otra galaxia. En adelante comencé a hablarle más, incluso a cantarle esperando reacciones similares.

144

Pero me he distraído. Lo que quería contar es que ayer, en plena llamada telefónica, Natalia dejó de hablarme y se puso a llorar. Qué pasa, le dije, temiendo lo peor. Durante los segundos que tardó en contestarme mi mente recorrió las más crudas alternativas. ¿Qué pasa con Julieta?, le insistí, ya desesperado. Entonces, soltó una palabra que me dejó angustiado.

Aún no he presentado mi novela en la feria, pero anoche valoré seriamente la opción de cancelar toda mi agenda y tomar el primer vuelo que saliera para Madrid.

***

SÉPTIMO

Lo que Natalia me contó por teléfono desde Lima fue que le habían diagnosticado preeclampsia. Sentí una doble alarma en la cabeza. Primero me alarmó no saber qué diablos significaba. Como todos los médicos, mi esposa habla en difícil cuando se refiere a trastornos del cuerpo humano y asume que el resto de mortales está habituado a términos rebuscados o específicos como «macrófago», «equimosis» o «anaplasia». Ayer tardó unos minutos en captar que yo estaba en la luna y ya luego me informó que la preeclampsia es una condición que asocia hipertensión y pérdida de proteínas a través de la orina. Si se vuelve severa, puede ponerle fin al embarazo.

«Es posible que Julieta nazca antes del 9 de setiembre», me previno. El tono de mi esposa delataba todo el desasosiego que es capaz de sentir una mujer vulnerable, con siete meses de embarazo encima, que se encuentra sola en un país y un hemisferio que no son los suyos, y que enfrenta una segunda desilusión en poco tiempo: la primera había sido resignar el parto natural, pues una cirugía del pasado forzaba a la cesárea.

«¿Puedes adelantar tu regreso?», le oí decir. Su voz era un cable de tensión descosiéndose. «¿Para cuándo?», contesté, esperando que no me dijera «mañana mismo», pues aún no había cumplido ni la mitad de la agenda que la editorial había preparado para el lanzamiento de mi libro. «Mañana mismo», me pidió con un suspiro. Se me hizo evidente que hablaba guiada por el susto. Traté de hacerla entrar en razón diciéndole que todo saldría bien, que yo estaría en Madrid a tiempo para recibir a nuestra hija cuando naciera. Debí sonar muy convincente pues logré tranquilizarla. Una vez que colgamos comencé a morderme las uñas y a caminar por la habitación. Si tuviese el hábito de fumar, ese habría sido el momento correcto de encender uno, dos, tres, todos los cigarros que hiciesen falta para disipar la ansiedad que me roía. Uno de mis miedos es llegar después de su nacimiento, que esa ausencia involuntaria se convierta en una herida psicológica para Natalia, que luego ella se la traslade a Julieta y que, para curarla, mi hija sienta en el futuro, cuando yo esté muerto o quizá antes, la necesidad de escribir un libro y que al escribirlo me convierta en lo mismo que yo he convertido a mi padre: un personaje literario, eterno en un sentido, pero capaz de devorar el recuerdo vívido de la persona que lo inspiró.

Es, claro, el más figurado de mis miedos, mi miedo narcisista. Ahora que sé que Julieta nacerá antes del 9 de setiembre, mi auténtico miedo es su futuro. Esa es mi gran alarma. Me pasé toda la noche de ayer y la mañana de hoy leyendo páginas confiables de Internet para saber más de la preeclampsia. Nada suena alentador. Los riesgos son: parto prematuro y carencia de oxígeno y nutrientes, lo que a su vez puede provocar un bajo crecimiento fetal. Pero hay un riesgo más que, al leer acerca de él, me dejó inmóvil:

«Debido a la preeclampsia la placenta puede desprenderse y provocar un sangrado abundante en la madre; si esto ocurre, el niño puede nacer muerto».

Al viaje traje conmigo *Noches azules*, el libro que Joan Didion escribió para contrarrestar o minimizar o digerir su segundo duelo familiar: la desaparición de su hija adoptiva, la enfermiza Quintana (antes había escrito el sobrecogedor *El año del pensamiento mágico*, sobre la muerte de su esposo). Una tarde ojeé *Noches azules* en una librería y lo compré solo por esta frase: «Uno teme por lo que todavía no ha perdido». La reflexión no solo me estremeció por su certidumbre, sino porque conecta con la corriente de fatalismo que arrastro desde niño, que se manifiesta cada tanto, y es una de mis rémoras más visibles: el tormento de la posible pérdida, la catástrofe rondando, la inclinación mental a la tragedia. Siempre he temido perder aquello que acabo de conseguir o que estoy a punto de alcanzar, ya sea por falta de confianza, por la extraña sensación de no merecerlo, o por el pálpito de que algún otro —menos competente, pero más listo— me lo arrebatará tarde o temprano. Otras veces, solo por asumir con antelación que perdería lo ganado, ni tan siquiera he hecho esfuerzos por obtenerlo.

Ayer, cuando leí aquello sobre la preeclampsia, las palabras de Joan Didion volvieron con estrépito. «Uno teme por lo que todavía no ha perdido».

Mi hija no ha nacido y yo estoy aquí, frente al computador, llorando por la posibilidad de su muerte. Lloro por eso pero también por lo despreciable que en el fondo me siento. Semanas atrás, en Madrid, antes de saber que la criatura sería una niña, en medio de alguna discusión con Natalia, escuchándola quejarse sobre tal o cual cosa, harto de sus exhortaciones para que no me olvidase de hacer los papeleos y trámites pendientes —¿conseguiste los datos sobre el registro civil?, ¿has llamado a averiguar si tenemos que empadronarla?, ¿sabes cómo hay que llenar la ficha del hospital?, ¿ya sacaste cita en la embajada?, ¿te acordaste de pagar el seguro?—, en mitad de aquella vorágine de palabras que sonaban todas a reproches anticipados y que me recordaban mi incapacidad para administrar otra vida que no fuese la mía, producto de una mezcla de impaciencia y frustración, me salió de algún escondrijo del alma un pensamiento terrible, abyecto, lamentablemente mío.

«Ojalá no estuviéramos esperando este bebé».

Ahora mismo me repugna haberlo pensado.

***

A veces, pocas veces pero las suficientes para que el tema se convierta en un asunto delicado a tratar en la terapia con mi analista, me sigo preguntando si estoy hecho para ser padre. Como ya he contado antes, durante años pensé que no era lo mío; luego, el conocer a Natalia, escribir la novela y mudarnos de país me hicieron modificar mi opinión, me hicieron pensar que había llegado el momento de reproducirme, de experimentar la paternidad, pero incluso ahora que Julieta está en camino y su prodigiosa e inminente presencia empieza a alterar mi mundo, incluso ahora, los fantasmas de la vieja vida sin obligaciones a veces vuelven a visitarme. ¿Debo sentirme mal por eso? Solo espero ser un buen padre, aunque no sé si los escritores —seres tan ensimismados, a menudo autodestructivos— podemos serlo de corazón. Hay escritores que pueden organizarse para atender a los hijos sin descuidar la obra y otros que no. Envidio a los primeros. Envidio su pragmatismo, su sentido del compartir. Lo que tanto me abruma no es disponer de menos tiempo que antes, sino darme cuenta de que no hay en mí tanta generosidad como para posponer mis prioridades.

Consultado sobre si se imaginó alguna vez como padre, el escritor norteamericano Richard Ford dijo: «Habría sido muy decepcionante como padre. Soy egoísta, incongruente, descuidado, despistado. Y como nunca he disfrutado realmente de la presencia de niños, estoy seguro de que mis hijos habrían tenido que tratar de vivir conmigo más que disfrutar de mi paternidad. Es bueno que mi esposa y yo no hayamos tenido hijos». Cuando leí esa entrevista me sentí dolorosamente representado por las palabras de Ford, pues soy exactamente así, egoísta, incongruente, distraído, olvidadizo. Soy como Ford sin la prosa de Ford, lo cual hace todo más deprimente. Lo que quiero decir es que comprometerme me cuesta tanto como mover una montaña. ¿Podrá Julieta corregir mi esencia? ¿Quiero en verdad ser corregido por ella? ¿Tengo que luchar por su bienestar a costa del mío? ¿O su bienestar depende del mío?

Ahora bien, si es cierto que la paternidad descompagina la escritura y viceversa, una vez ocupados ambos territorios, ¿por qué esforzarse en conciliarlos?, ¿por qué no aprender a vivir en la especie de falla geológica que provocamos al intentar unir o conectar continentes tan desiguales? ¿Por qué no aceptar el desarreglo? ¿Por qué la pretensión impertinente de querer arreglárnoslas todo el tiempo? ¿Acaso no provenimos del caos, del estallido, de la ruptura, de una necesaria alteración del orden previo? Quizá no toleramos nuestro origen turbulento y, como una forma de negarlo, purgarlo o maquillarlo, buscamos restituir un equilibrio quimérico, una armonía que no nos es inmanente.

**

Leyendo sobre los riesgos de la preeclampsia conocí el pánico. Saber que mi hija nacerá antes de su fecha de término ha desatado en mí una inacabable espiral de temores. Hay días en los que pienso que llegará al mundo débil, que será más enfermiza, insegura y alérgica que otros niños de su edad, y por ende su infancia sería como la mía: visitas al hospital, jarabes y pastillas sobre el velador, nombres de médicos en las conversaciones familiares, noches largas.

Mi primera enfermedad, el asma, me atacaba por las noches y me desvelaba con toses enloquecedoras, un ahogo persistente, una fuerte opresión en el pecho y ese silbido enervante que llegaba desde la profundidad de mis bronquios, salía por mi boca y se transformaba poco a poco en un zumbido que surcaba la madrugada. Cómo esperaba las mañanas siguientes para que mi cuerpo dejara de ser torturado.

Tuve una serie de afecciones posteriores. Después del asma la más difícil de tratar fue el trastorno de crecimiento que se evidenció al llegar la adolescencia. Mis amigos crecían notoriamente más que yo. Retornar en abril a las clases llegó a convertirse en un dolor de cabeza, pues en esos tres meses de verano, pensaba, seguramente ellos habrían pegado el estirón que yo no, y me tocaría ser otra vez el primero de la fila, el más bajo, el más retaco, y por lo mismo el más debilucho o el principal candidato a merecer la burla de los chicos y la compasión de las chicas que ya empezaban a gustarme y que jamás me verían como alguien que no fuera el enano de la clase. Cuando volvía a casa me encerraba en el baño a pensar en aquello y me hacía preguntas que nadie respondía y pegaba mi cuerpo de espaldas a la pared para marcar con un lápiz los lentos progresos de mi estatura.

A los catorce años, mi madre, preocupada por mi talla, me llevó donde un endocrinólogo que, según ella, explicaría las razones de mi escaso estiramiento. Durante dos o tres sesiones me tomaron placas de los huesos en máquinas que recuerdo frías y aparatosas, y me sometieron a una cantidad desproporcionada de análisis (tantos y tan exhaustivos como los que le practican a la niña de *El exorcista* para determinar por qué tiene pesadillas, se orina delante de los invitados y habla como varón). En la última cita el doctor hizo pasar a mi madre a su consultorio y me pidió esperar fuera. No había nadie en la sala así que pegué mi oído a la puerta para saber qué comentaban. Lo único que llegué a escuchar fue: «señora, su hijo tiene el esqueleto de un niño de doce años». La palabra *esqueleto* me espantó. Cuando media hora después le exigí a mi madre que me dijera cuál era el diagnóstico, ella no quiso repetir las palabras del médico. «Dice que ya crecerás», mintió piadosamente. Pero a mí la frase aquella me persiguió durante esa y muchas tardes más, y con ella venía añadida la imagen de la reducida calavera viviente que me habitaba.

A partir de la noticia de la preeclampsia no he podido dejar de pensar en Julieta. Natalia la lleva en el vientre, pero yo la llevo en el cerebro. También allí existe y va nutriéndose de mis fantasías, mis íntimas alegrías, mis recuerdos incómodos. Pienso en ella, en su tamaño, su crecimiento. Incluso he comenzado a visitar la iglesia para pedir que mi hija no nazca enferma ni sea enana ni demasiado pequeña porque eso la acomplejará, la hará sufrir, también a nosotros.

***

La noche que finalmente presenté mi novela en la Feria del Libro, cerca del final del acto, una persona del público pidió la palabra. Era un señor de unos sesenta años. Le alcanzaron el micrófono, dijo estar emparentado conmigo y por varios minutos se dedicó a impugnar mis teorías acerca del origen de mi apellido. Lo hizo como recriminándome, como diciendo «yo conozco la verdadera historia, tú no». Al final, el incidente no pasó de ser una anécdota, pero me dejó pensando en aquello de la tantas veces invocada «verdadera historia» de las cosas. Nadie conoce la «historia verdadera» de nada. Los hechos ocurren una vez, nadie puede reconstruirlos con fidelidad. Por eso las novelas no declaran verdades, apenas si las perfilan sabiendo que fallarán en el esfuerzo.

Lo mejor de todo fue el encuentro con los lectores. Un joven me confesó: «Cuando nací, mi padre se fue de la casa; tu novela anterior despertó en mí las ganas de buscarlo, la semana pasada lo encontré». Un señor, acompañado de un anciano, me contó señalándolo: «Él es mi padre, después de leer tu libro me habló por primera vez de mi abuelo, no sabíamos nada de ese hombre».

Una señora, cariñosa pero seria, cogiendo con fuerza mi antebrazo, bisbiseó en mi oído: «Mi padre fue sacerdote, espero sinceramente que tu libro cure la profunda herida de mi familia».

Uno se sienta a escribir a solas sin saber ni imaginar las vidas que tocará. Quizá por eso las toca.

***

Aeropuerto de Lima. Puerta de embarque 22.

Espero el abordaje del avión que me llevará de vuelta a Madrid.

Mi hija ya no nacerá el 9 de setiembre como teníamos pensado, sino algún día de la quincena de agosto, es decir, en unas semanas nada más. En Madrid me espera una vida diferente, de pocos amigos, de trajín tranquilo. Este viaje a Lima ha sido como una doble despedida. Me despedí de la casa de mi madre, la casa de Monterrico, que al parecer, finalmente, se venderá. Con mis hermanos hemos pensado organizar una fiesta de demolición invitando a todos aquellos amigos con los que pasamos buenos momentos en esa casa, sin importar si los frecuentamos o no. Suena bien pero intuyo que no cumpliremos esa parte del plan.

De otro lado, me he despedido temporalmente de la rutina noctámbula, de salir a bares y prolongar conversaciones hasta el amanecer, esa bullidora vida que inicié poco después de que muriera mi padre y que el nacimiento de mi hija me fuerza a interrumpir o posponer. Voy a echar de menos lo aventurero, lo incierto, lo solitario, lo inagotable, lo irresponsable de esa vida. Quizá escriba sobre aquellas noches para no extrañarlas, para seguir viviéndolas en la ficción. Una cosa es real: nunca más seré un tipo cualquiera acodado en una barra. Seré un padre imaginando ser un tipo cualquiera. Un hijo te distingue, te salva de la banalidad, te convierte en alguien importante por primera vez.

No sé si a otros les pasa, pero la paternidad está remeciendo ideas acerca de mi deber y mi destino que daba por sentadas. Mis amigos papás dicen que el primer año será una tormenta, y me aconsejan mentalizarme para capear el temporal sin salir dañado. Igual creo que habrá daño. Daño y recompensa.

***

La próxima visita de mis suegros, incluso la de mi madre, alegrándome por razones distintas, me intranquiliza. Madrid hasta ahora ha sido un refugio, un escondite de Lima. La llegada de Julieta hará más frecuentes las visitas de parientes que viven lejos. Además, Natalia ya no trabaja, así que no volveré a estar solo en este piso de Modesto Lafuente que tanto quiero por haber sido nuestra morada europea a lo largo de dos años. No quisiera vivir en Lima otra vez, pero sí ir dos o tres veces por año. Ya veremos qué ocurre en los próximos meses con Julieta en la casa, en el mundo. Una tercera persona está por entrar en nuestras vidas. Me pregunto todo el tiempo si estoy preparado para esto, pero también me reprocho por preguntármelo. Ante la proximidad del iceberg, ¿tiene sentido que el capitán del barco cuestione si está preparado o no para enfrentar la emergencia tras la inevitable colisión? ¿No debe solo enfrentarla? La pregunta es por qué asocio el nacimiento de mi hija con el choque de una nave. No. La pregunta es si tengo temperamento de capitán o si soy de las ratas que saltan por la borda.

***

Hoy he leído en una página web que, según aficionados a la astronomía y la numerología bíblica, el 23 de setiembre la Tierra colisionará con Nibiru, un planeta que no oí mencionar una sola vez en las clases de ciencias naturales. La predicción se me hace incoherente. Juraría que el mundo estaba por empezar, no por terminarse.

***

Sigo tus movimientos en el vientre
como quien avista una ballena.
Vislumbro un lomo negro bajo el agua.
De pronto una aleta se levanta.
El gran animal sale a la superficie
remece el mar
sacude el mundo.

***

Estamos en la sala de espera de las ecografías. Hace unas horas llegó mi suegra a Madrid. Hoy nos dirán si procede una inducción o si cabe esperar unos días más. En casa, salvo el maletín de emergencia que no he preparado, todo está listo para recibir a Julieta. ¿Yo también? No lo sé y creo que no lo sabré hasta el momento mismo de ver a la criatura salir de su madriguera. Se vienen días cruciales, nuevos, decisivos. Todos mis pensamientos están con Julieta.

***

Nunca más el 28 de agosto será una fecha indiferente o neutra. Nunca más pasaré los ojos por un calendario sin sonreír o temblar cuando vea el vigésimo octavo casillero del octavo mes del año. Esa es la fecha definitiva. Nos la dieron hoy, más bien la elegimos. Será lunes. Se acabó el desprestigio de los lunes.

***

Mañana tengo una cita con una mujer que no es mi esposa. Podría decirse que es una cita a ciegas, porque no la he visto antes, aunque llevo largos meses enviándole mensajes que, ojalá, haya recibido. Parezco un quinceañero ansioso: me he comprado una camisa, he rasurado mi barba desordenada y he pasado las últimas semanas haciendo ejercicios, todo para causarle buena impresión. Cuando llegue la hora, y mi esposa esté dormida, aprovecharé para tomarla en brazos y declararle mis sentimientos.

Mi hija Julieta arribará mañana a este mundo con la estricta misión de mejorarlo. Mañana la vida será la misma para millones de personas en el mundo, pero para mí cambiará radicalmente. Me transformaré en padre, un rol que durante años creí que jamás me tocaría interpretar. Es más, incluso ahora, a pocos minutos de que el nacimiento se produzca, en esta antesala paralizante que tiene altas dosis de miedo y regocijo, incluso ahora veo la paternidad como un traje de gala que no sé si ya traigo puesto o recién voy a probarme, pero que no me quitaré más, aunque me quede apretado o largo.

Desde que la doctora nos informó que el parto sería el «28 de agosto», la fecha cobró un fulgor que no tenía. Hasta ese momento me resultaba completamente anodina (salvo porque recuerda la reincorporación de Tacna al Perú, suceso que, con el perdón de los tacneños, no acostumbro celebrar), pero automáticamente pasó a ser una de las grandes efemérides de mi calendario privado, una de esas fechas ineludibles que no hay necesidad de marcar en la agenda porque sí o sí acuden a tu mente cargadas de significado.

Como venía diciendo, mañana no es un día cualquiera. Tengo una cita con una mujer que no es mi esposa.

***

Lunes 28 de agosto, 2017.

«Dicen en la radio que es una bolsa de aire muy cargada que durará tres días». El comentario fue de Demetrio, el taxista que nos trajo esta mañana al San Gerónimo. El reporte climatológico matutino había informado que, en pleno final del verano europeo, una inusitada tormenta eléctrica acababa de desatarse sobre Madrid. Cuando desocupamos el auto de Demetrio eran las siete y cuarentaidós de la mañana pero mirando el cielo parecía que estaba por anochecer.

Media hora después ingresamos al área de maternidad, ubicada en el ala norte del quinto piso del hospital. Desde la habitación que nos fue asignada —la H18— podía oírse el silbido persistente del viento, la violencia con que caía la lluvia, el retumbar de los truenos, el golpe seco del granizo contra árboles y veredas. Un minuto cada dos me asomaba a la ventana esperando una mejoría del tiempo (más bien suplicando por ella) pero no había suerte: el firmamento era un pantano gris del que seguían precipitándose sapos y culebras. Abajo, en la calle, los transeúntes sin paraguas se refugiaban en cafés y paraderos de bus. En la habitación, separada por un biombo, había otra paciente: una viejita que, entre espasmos, esperaba una segunda operación de cáncer de vejiga. Para distraerme, dejé a Natalia con su madre y comencé a vagar por esos corredores del quinto piso que parecían conducir al oscuro corazón de un laberinto. Me sentía a punto de hacer un viaje largo, dar un examen definitorio, visitar a un personaje inolvidable. Esperar la llegada de tu hijo tiene algo de todo eso: periplo, desafío, excursión. Recién ahí, dando vueltas como un cuy, me percaté de que, desde la salida de casa, me dominaba la melancolía de saber que no seríamos los mismos al volver, que no seríamos los mismos nunca más, que regresaríamos con Julieta en brazos y con una misión definitiva. Minutos atrás, en el taxi, Natalia, tomándose el vientre, había comentado que le daba pena «dejar de tenerla aquí». Sentí pánico cuando le oí decir aquello y, enseguida, tuve un brusco deseo de que Julieta permaneciera allí adentro un tiempo más mientras nos alistábamos mejor, como si eso fuera posible.

De vuelta en el cuarto, pensando que todo aquel clima general, estruendoso y opaco, podía estar intimidando a Julieta en la tranquilidad del útero, en la antesala de su arribo, escuché a Natalia lamentar que su parto no fuera natural sino una cesárea programada. «Lo normal», rechistó, «es que los bebés vayan anunciando su llegada con las contracciones, la rotura de fuente, los dolores abdominales; yo no he tenido nada de eso». Segundos después añadió sollozando: «Julieta no sabe que va a salir dentro de unos minutos». Tragué saliva al escucharla y le dirigí la mirada a mi suegra, buscando su complicidad, su ayuda, implorándole con gestos perentorios que hablara de otro tema, que contara algo divertido que nos sacara a todos del atasco. Su lacrimógeno «ay mi nieta, pobrecita» terminó por hundirme en el desánimo.

A las nueve y cuarentaitrés acompañé a Natalia al paritorio, la sala de dilatación, donde le colocaron sobre el tórax unos chupones conectados a dos monitores electrónicos para evaluar su estado antes del parto. Desde un costado, registraba cada acción de las enfermeras y tomaba nota de todos los detalles en mi libreta, como si estuviera cubriendo una noticia, tal cual hacía en mis años de reportero. Las máquinas zumbaban como polvorientos televisores recalentados. Escribiendo en aquella circunstancia me sentí literario, trascendente, empoderado. «¿Va a querer que le traigamos a la niña cuando salga?», me preguntó una enfermera con esa calma flemática española que tanto celebro. La consulta hizo de mi repentina seguridad un globo pinchado que serpentea en el aire desinflándose. «Sí», respondí, queriendo decir «no sé». Me había pasado la vida evitando cargar bebés por temor a desnucarlos y ahora estaba por debutar en aquel arte nada más y nada menos que con mi propia hija. La única clase del taller para padres primerizos a la que falté fue en la que se dictaron técnicas para este momento. «Por qué no fui», me castigaba ahora.

Vi la camilla que transportaba a Natalia desaparecer tras la puerta del quirófano y me quedé de pie, solo, vestido con una bata verde, en la solitaria compañía de botellas de suero, monitores apagados y camillas vacías. Miré mis manos, toqué mi cara, palpé mi cuerpo. Había recobrado mi estado natural de caracol temeroso. Abrí mi libreta para anotar: «Me he quedado aquí esperando el momento de conocerte. Lo próximo que escriba lo escribirá otro hombre».

***

No me es posible reseñar ahora todos los miedos que me invadieron ni las muchas fuerzas que invoqué para amortiguarlos. Las matronas pasaban al lado mío y me dedicaban palabras alentadoras ratificando que todo saldría bien, pero a esas alturas mi mente estaba en otra parte: sentí que caminaba a ciegas sobre una cornisa del hospital, tanteando el vacío, buscando equilibrio en medio de la furibunda tormenta, sin saber si los truenos estallaban fuera o dentro de mí.

10:15 a.m.

Aún soy yo. Estoy nervioso. No, estoy en ese estado superlativo mayor a nervioso para el que el lenguaje no ha creado una palabra, al menos ninguna que me sirva.

Hasta aquí oigo los veloces latidos de un bebé provenientes de alguna de las máquinas ecográficas ubicadas en los habitáculos de esta área. Así deben oírse mis latidos también, un ruido ansioso, potente. Pienso en mi padre, en el hijo que me tocó ser, en las cosas que le debo, en las que nunca entendí. Siento que algo de ese hombre ahora se manifiesta en mí, como si su espíritu hubiese estado vagando todos estos años esperando este momento, la hora de la paternidad, para conectar conmigo, para volcarse en mi pecho, mi mente, mi estómago. Quizá ahora me convierta en una versión suya. Quizá envejecer se reduzca a eso: convertirte en tu propio padre. Ese es el destino indefectible de algunos hijos. Mi padre vive en mí. Lo noto. Lo temo. Lo agradezco. Lo sufro. (Antiguo proverbio bengalí leído en una novela de Eduardo Berti: «Todo hombre quiere parir de nuevo a sus padres; de ese acto fallido nacen los hijos»).

Las enfermeras cuchichean, discuten, van y vienen por el pasillo del paritorio. Los latidos del bebé vecino —o los míos, ya no distingo bien— suenan como una bomba de agua que no descansa, que no deja de abastecer su red de cañerías. ¿Ya estará Julieta respirando el aire de este mundo? ¿Estará lista para la tormenta eléctrica que es la vida? ¿Qué voy a hacer con tanta fragilidad entre las manos? Lo frágil le rehúye a la fragilidad. Es hora de respirar como me ha enseñado mi hermano Federico, profunda, rítmicamente. Respirar para eliminar malos pensamientos, para aplacar este corazón agitado a punto de hacerse añicos de felicidad, esa hermosa variante de la desesperación.

La voz de una doctora me sacó de aquel estado hipnótico que me tenía pegado a la libreta de notas.

«Tu hija ya salió».

La mujer me llevó de la mano como quien arrastra por el pasto una cometa chamuscada. Me dejé guiar. El camino duró segundos o minutos o días. El tiempo era un enigma. Pasamos una, dos, tres puertas, yo la seguía como un sonámbulo, hasta que ingresamos a una amplia sala donde, a lo lejos, sobre una plataforma cubierta con una manta blanca, debajo de una lámpara cuya luz amarilla me pareció excesiva y luego celestial, al centro de un círculo formado por hombres y mujeres vestidos de verde, divisé un bulto rosado que tiritaba. Conforme fui acercándome, las facciones de la criatura iban haciéndose más nítidas hasta componer un rostro hermoso que no he podido olvidar, que llevaré conmigo todos los días de ahora en adelante. La niña abría la boca llenando sus pulmones de oxígeno por primera vez y movía los brazos por reflejo, como si hubiera estado nadando por meses en un océano tibio. Todo en ella era quebradizo, puro, primitivo. Blando de piernas, vacío de sentido común, apenas atiné a enganchar un dedo en su mano y a darle la bienvenida a este mundo saludándola por su nombre. Julieta retiró los párpados para mostrar dos pupilas de acero, contrajo la piel traslúcida de la frente y fue separando poco a poco los labios hasta que del fondo de su garganta surgió un berrido que era de victoria, no de protesta; de celebración, no de temor; de principio, no de final. En ese momento supe que defenderla era tal vez mi gran misión. Mi única misión en esta vida. Capté que para eso debían servir las uñas y los dientes con que venimos al mundo: para defender a un hijo. Afuera, las lluvias por fin habían cesado. El reino del verano volvía a instalarse entre nosotros.

3:20 a.m.

Habitación 33. Julieta es una mujer serena. Ha nacido con dos kilos, setecientos gramos. En medio de las inclemencias del tiempo ha resultado pacífica, como si ya conociera el ambiente de estos pagos, como si el desbarajuste climático no la amedrentara en absoluto. Hace unas semanas, Natalia pidió a los doctores que nos permitiesen hacer el «piel con piel», práctica que no se consiente en todos los hospitales. La cesárea le ha impedido ser ella la primera en abrazar a nuestra hija, así que las enfermeras la trajeron donde mí y por casi dos horas la he tenido conmigo, adosada a mi pecho desnudo, literalmente piel con piel, mis poros contra los suyos, cargándola sin temblar, con una naturalidad propia de ese lugar donde se aloja el conocimiento intuitivo reservado al amor. Mientras la abrazaba —con tal cuidado que por momentos parecía ser yo quien necesitaba el abrigo, el sostén— he pedido en silencio que Julieta sea depositaria de la energía que, al irse, dejaron dispersa mis muertos más queridos: mi padre, mis tíos Carola, Jaime y Adriano, mis primos Pepe y Fonchín. Aún dormida, pese a su serenidad, el rostro de mi hija transmitía un cansancio infinito, como si para llegar hasta aquí hubiese tenido que atravesar cuencas hidrográficas, selvas umbrosas, empinadas cordilleras. En un momento despertó de su aletargamiento y, somnolienta, con una sagacidad mamífera, comenzó a deslizarse y buscar mi pecho con la boca. Desconcertado, traté de apretar el botón rojo especial para esos casos, pero no podía usar ninguno de los dos brazos. Estiré una pierna sin suerte. Si me ponía de pie podía asustarla, así que dejé que la naturaleza siguiera su curso. Casi reptando, Julieta avanzó sobre mi tórax hasta tropezarse con una tetilla mofletuda donde se suponía debía haber un pecho generoso. La pobre comenzó a succionar esperando que la leche manara. «Mañana retomo los ejercicios», me dije. El espectáculo de subsistencia era conmovedor. Pese a no encontrar alimento que la nutriese, mi hija se quedó pegada a mi glándula como un becerro a una ubre. Yo estaba pasmado, embriagado de una plenitud que jamás creí posible. De súbito las enfermeras entraron parloteando y quebraron aquella intimidad. Era hora de llevar a la niña donde su madre, indicaron. «¡La madre soy yo!», me provocó emplazarlas, pero me contuve. Desprendí lentamente a Julieta de mi pecho y, antes de entregarla, como un niño que se rehúsa a devolver el preciado juguete que le ha sido otorgado en calidad de préstamo, les rogué en peruano: «Cinco minutitos más, por favor».

Estoy enfermo. Mal. Pésimo. Resfrío, fiebre, ardor de garganta, tos compulsiva. Es extraño, pues no suelo caer enfermo. Más que extraño, es injusto. Escribo estas líneas desde nuestro dormitorio, adonde he sido confinado como si fuera un leproso al que hay que mantener en cuarentena. La otra tarde Natalia me pidió comprar mascarillas para usarlas de forma obligatoria cada vez que circule por la casa, en especial cada vez que entre en contacto con Julieta. Sé que lo pide por precaución, pero no puedo evitar sentirme un apestado, como si tuviera gripe aviar. El hecho es que, por error, ignorancia, distracción o dejadez, compré unas mascarillas gigantes, sintéticas, más parecidas a las de un soldador que a las de un enfermero; ahora, cada vez que las uso y me miro al espejo, veo a Hannibal Lecter.

La enfermedad limita mis movimientos, pero a la vez es una excelente excusa para permanecer encerrado, desentenderme de las labores pendientes allá afuera y dedicarme a leer, escribir, ver televisión. No sé si quiero recuperarme. Natalia y su madre se ocupan de todo. Pronto vendrá mi madre a visitarnos. El médico que me auscultó anteayer predijo que mi faringitis desaparecerá en cosa de tres o cuatro días, pero este malestar, presumo, no tiene un origen biológico. No estoy así por culpa de una bacteria o un virus, sino por la presencia de Julieta; es decir, por lo que su existencia empieza a demandar, como si una polea tirara con fuerza desde dentro de mí y no supiese cómo contrarrestarla. Creo estar somatizando la paternidad, creo que mi cuerpo reacciona así al desplazamiento mental que implica dejar de ser únicamente hijo y pasar a ser padre, el rol más definitivo de todos, pues eres testigo de la presencia del otro desde su primer soplo de vida y te sientes, o yo me siento, responsable de todo cuanto le suceda. Esta no es una enfermedad, es una mutación. Un cambio hermoso que, sin embargo, algo de mí se resiste a experimentar. Como si un gusano, por el puro mal gusto de seguir siéndolo, se opusiera a cumplir el ciclo que lo volverá mariposa.

***

Estoy volando a París. El avión atraviesa las nubes revueltas mientras pienso en cómo ha cambiado mi vida en los últimos veintitrés días. La presencia de Julieta ha invadido la casa llenándola de una felicidad que antes estaba pero ahora se ha vuelto patente. Felicidad extrema, a raudales. Tanto así que cuando ella no está (porque Natalia la ha llevado de paseo), el departamento parece un lugar muy solo, un inmueble más, un típico piso madrileño, la casa de una pareja de inmigrantes como tantas otras. Gracias a Julieta esa segunda planta se ha vuelto un mundo singular. Es verdad que *solo* llora, duerme, lacta y defeca, pero esas cuatro actividades son más que suficientes para alterar nuestro horario y a veces hasta nuestros nervios de papás primerizos. A veces lanza miradas inquisitivas que me descolocan y compone unos mohines en los que me reconozco, y cuando eso sucede todo lo demás —el insomnio, las peleas, la bulla— pasa a un segundo plano. El problema de ese segundo plano es que, por muy relegado que esté, existe, está ahí, molesta, interfiere y a veces saca mi peor versión, mi costado egoísta, timorato, sombrío.

***

Regreso a Madrid. En el avión leo *Sudor*, la última novela de Alberto Fuguet. En un pasaje, el narrador, un editor cínico, harto de las frivolidades del mundo literario en el que se desenvuelve, arremete contra quienes aseguran que publicar un libro es similar a tener un hijo. «¡Escribir no es un puto parto!», les aclara.

Concuerdo con la protesta. Aunque la analogía me parece forzada, llama la atención la gran aceptación de la que goza entre los escritores (he oído a más de uno referirse a sus libros como *mis hijos*). El malentendido se lo debemos a José Martí, autor de ese debatible ideario existencial —devenido en precepto de autoayuda— según el cual todo ser humano debe perseguir una triple misión en la vida: «plantar un árbol, tener un hijo y escribir un libro». Pura demagogia sensiblera la del cubano. Lo verdaderamente desafiante, pienso, sería lograr que el árbol plantado no se tale, que el hijo engendrado no se descamine pronto, y que el libro, junto con escribirse y publicarse, se lea, se discuta.

Tampoco tiene sentido equiparar *hijos* con *libros* si pensamos que, mientras los hijos casi siempre son producto del amor y su llegada al mundo está revestida, en la mayoría de casos, de un ambiente de dicha, los libros memorables —los que nos han marcado por estar impregnados de urgencia y vitalidad— en ocasiones nacen *a pesar* de su autor. Muchas veces detrás de un gran libro hay un escritor que preferiría no haber tenido que escribirlo, o no haber tenido que pasar por la experiencia que lo inspiró. Los libros no son *hijos* que se *tienen*: son más bien criaturas que se expulsan, se vomitan o, como dice el narrador de *Sudor*, «se excretan».

Otra salvedad radica en el proceso. A diferencia del parto, la operación literaria no necesariamente conlleva dolor. Escribir es un acto introspectivo que remuerde, fastidia, angustia, toca llagas, descorre velos, abre grietas a veces irreparables, pero no es un suplicio. Es un placer trabajoso que otorga sentido y verdad. Pero no es igual que alumbrar a un niño. El escritor no se acalambra, no siente náuseas, no se fatiga nada más avanzar dos pasos, no tiene dificultades para ponerse las medias y zapatos, no tiene contracciones, no parte aguas, no tiene que pasarse horas echado en una camilla con las piernas abiertas.

De ahora en adelante, al menos por unos cuantos meses, las tareas propias del oficio —subrayar libros, tomar notas, llenar páginas en blanco— deberán alternarse con deberes más mundanos y no por eso menos poéticos. Tener a mi hija no me hará un mejor escritor, quizá sí un mejor hombre, uno corregido y aumentado.

***

He venido a Francia con mi madre. Habíamos planeado el viaje con un año de anticipación, mucho antes de saber que Natalia estaba embarazada. Semanas antes del nacimiento de Julieta, me pregunté si debía continuar con el plan, si no sería muy desconsiderado dejar a mi esposa con la bebé tan pequeña. Si bien mi suegra permanecería con ellas en Madrid, no sería lo mismo. La buena de Natalia me pidió no postergar los planes. «Anda, viaja con tu mamá», me autorizó.

***

Jueves 5 de octubre. Debería estar viendo el Argentina-Perú con mis amigos de Madrid en algún bar de la calle Ponzano. O en casa, sentado en la mecedora que compramos hace poco en Ikea, con Natalia, con mi hija en brazos. Pero no. Estoy en París, en un apartamento cercano al Centro Pompidou, junto a mi madre. Cuando compré los pasajes para venir con ella, no había forma de suponer que el equipo peruano llegaría a la última fecha de las Eliminatorias con opciones de clasificar al Mundial de Rusia. Tan poca fe puesta en la selección ha sido debidamente sancionada con este cuadro insólito donde aparezco pegado a la computadora, buscando colgarme de la transmisión de una página web de pésima calidad, mientras mi mamá —fiel a su rabioso escepticismo— pronostica la derrota peruana cada cinco minutos y lanza exhalaciones de hartazgo apenas los nuestros pierden la pelota. Así no se puede ver un partido de infarto. Para colmo, no bien abro una lata de cerveza para atenuar los nervios, ella levanta una ceja: «¿Otra más?». En el entretiempo se queda dormida y el clima empeora porque solo hay una cosa más desagradable que ver un partido de la selección con una madre escéptica: verlo con una madre dormida, inerte, que ronca, que no escucha tus ruegos, ni tu respiración agitada de hincha cuarteado en el traspié.

Conseguir que mi madre regrese a París después de más de treintaicinco años ha sido una conquista personal solo comparable con una posible vuelta de Perú a la Copa del Mundo. Así de épico, histórico y emocionante. Crecí oyéndola hablar de «la época que pasamos en París» con una añoranza conmovedora, como si de verdad su vida se dividiese en un antes y un después de ese período vivido allí a fines de los setenta, un ciclo dorado de dos años lejos de la familia, los amigos, y sobre todo del ruido político que solía condimentar el día a día de mi padre en la Lima de ese tiempo.

Sin embargo, pese a aquella devoción, mi madre nunca volvió a París, no solo por dificultades económicas o apremios domésticos, sino también, creo yo, por un miedo inconsciente a enfrentar recuerdos y que los recuerdos la quiebren y sobrepasen, como si prefiriera no alterar la consistente satisfacción del pasado con una trivial irrupción turística, o como si al regresar a la capital francesa su memoria, en lugar de restituir viejas escenas, fuera a clausurarlas.

Me alegra haber sido yo quien la invitó. A cierta edad, una madre y un hijo, si son capaces de dejar momentáneamente sus roles habituales, se convierten en una mezcla de amigos, compinches, novios, socios. Para lograr tal metamorfosis nada como un viaje: el desplazamiento libera, diluye los prejuicios y taras con que nos conducimos en nuestra casa, nuestra ciudad, nuestro país.

***

El segundo tiempo con Argentina es una tortura. Son las tres de la mañana y en las calles de París no se oye ni las sirenas de los patrulleros. Mi madre sigue sin emerger del sueño: su reencuentro con Francia la ha dejado emocionalmente exhausta. Somos mi lata de Kronenbourg y yo metidos en La Bombonera a través de una señal pirata, sufriendo cada avance de Argentina, lanzando mensajes telepáticos para interrumpir los pases en callejón de Messi, cruzando los dedos para que alguna triangulación peruana prospere y se consume el milagro. Al final, el 0-0 sabe a optimismo. Todo se decidirá el martes 10 en Lima, ante Colombia. Producto de estos planes de viaje arreglados sin creer un ápice en las posibilidades de Perú, el martes 10 estaré, estaremos, en Toulouse, la llamada «Ciudad Rosa», en otro apartamento rentado, puede que en un hotel, pasando una madrugada aún más tensa que esta, una madrugada ciertamente larga que impondrá una actuación puntual, porque si Perú empata o pierde habrá que entristecerse y cerrar los puños y maldecir un rato. Pero si gana, si acaso Perú clasifica el próximo martes al Mundial de Fútbol después de casi cuarenta años, habrá que estar a la altura de la circunstancia y tendré que convencer a mi madre de salir a celebrar imponiéndole algo de ruido a esa tranquila urbe llena de jardines, ríos y conventos.

***

Anoche el dueño de El Dorado no honró su palabra. Había prometido que cerraría el local para que viéramos el Perú-Colombia pero hasta el último minuto no hubo signos fiables de que eso fuera a ocurrir: en la pantalla gigante seguían pasando vídeos de Maluma y Enrique Iglesias y, en el comedor reconvertido en pista de baile, un puñado de compatriotas jugaba su propia eliminatoria enamorando a unas jóvenes moscovitas, llevándolas de la cintura hasta el suelo, en lo que parecía un anticipo de la clasificación a Rusia.

Varios minutos después, cansado de seguir la evolución de las parejas, del pop, del reggaetón, y más que nada decepcionado del nulo ambiente futbolero, regresé al hotel con la aciaga esperanza de encontrar en el camino algún bar, un huarique, un cuchitril, algo donde algún monitor proyectara las imágenes del encuentro que iniciaría en breve. No hubo suerte. Era la una de la mañana y todos los establecimientos cerraban a las dos.

En la Plaza del Capitolio solo quedaban meseros ceñudos finiquitando la jornada, unos pocos turistas borrachos diseminándose hacia las esquinas, tres mendigos envueltos en frazadas como bultos, dos palomas, un guardia, ningún perro. Mientras atravesaba esos predios repasaba en el *smartphone* fotos y vídeos de amigos peruanos que habían acudido al Estadio Nacional y estaban listos para atestiguar un pedazo de historia que también me pertenecía. Sentí envidia. Ese era el día utópico que mi generación había esperado por décadas. En nombre de ese día, con la ilusión de vivirlo, me hice periodista deportivo a fines de los años noventa. Por ese día les recé decenas de veces al Señor de los Milagros y a la Virgen del Carmen, incluso en mi época de agnosticismo. Bueno, pues, anoche sentí que ese día negado e inconcebible había llegado (mejor dicho, podía llegar: todavía teníamos que ganarle a Colombia) e iba a darme el encuentro en una preciosa ciudad francesa adonde me habían invitado a presentar una novela y por cuyo centro antiquísimo ahora deambulaba solitario.

¡¿Dónde están los peruanos futboleros de Toulouse!? ¿Dónde se han escondido los hinchas expatriados que crecieron entre apagones y terrorismo y que hoy, lejos del país natal, anhelaban quitarse juntos, como si se tratara de una costra legendaria, tantas amarguras acumuladas?

¿Es que acaso no existen? ¿Dónde están los paisanos cuando más se les necesita?, le vociferé al teléfono como si el aparato tuviese la facultad de detectar su paradero.

Al final, encerrado en la habitación 207 del Hotel Albert 1er, tocado por los nervios debido a la lentitud repentina de la señal de Internet, transpirando la camiseta peruana que también era pijama, y desabasteciendo el minibar a razón de una cerveza artesanal por cada tiro de esquina, conseguí ver el partido completo sin infartarme, pero sin guardarme nada. El gol de Paolo Guerrero, el gol que decretó el 1-1 a solo catorce minutos para el final, lo celebré con un gruñido ensordecedor que debió haberse escuchado en todo el casco histórico de Toulouse. «¡Silencio!», imploró mi madre desde la habitación vecina, a través de la delgada pared. El empate no alcanzaba para la clasificación automática, pero sí para el repechaje contra Nueva Zelanda. Era una excelente noticia. En noviembre, en la fecha programada para el segundo encuentro, el definitorio, me tocará estar en Lima y quizá hasta pueda ir a la cancha y vivir, ahí sí, en vivo, en directo, la noche gloriosa que en las últimas horas pensé que me perdería.

***

OCTAVO

Volví de Francia con mi madre. Fue un viaje memorable. Reencontrar a Julieta después de quince días ha sido casi como verla por primera vez. Está más grande, pesa casi el doble, sus miradas ahora son más definidas, su sueño más regular, su presencia más determinante. Natalia está exclusivamente enfocada en su rol maternal. Mi madre y mi suegra andan encantadas en su rol de abuelas. Ambas representan una enorme ayuda que nos permite darnos un aire de tanto en tanto; sin embargo, quisiera pasar más tiempo solo con mi esposa e hija. La próxima semana vendrá mi cuñada. ¡Seremos seis personas en setenta metros cuadrados! Tendré que mudarme a la Gata, el bar de enfrente, donde suelo refugiarme con mis amigos Gustavo y Percy para tomar unas cervezas, hablar de fútbol, películas y comentar las tragicómicas novedades del Perú.

Pronto iremos a Perú. Serán tres largos meses de estar con la familia, los amigos y los sentimientos enmarañados que me despierta Lima. No sé si quiero que Julieta crezca allí. Crecer en el Perú es crecer con angustia. Sin importar la época, la angustia siempre merodea. Ya sea por la inseguridad en las calles, las crisis económicas que vuelven cíclicamente, la precariedad política o por la sensación general de desigualdad y confrontación, en el Perú prevalece una turbación constante. No quiero esa tensión para mi hija. Enfrente de nuestro edificio hay una bodega de abarrotes, Adelaida, regentada por un joven matrimonio peruano. Glenda y Eddy. Ellos se conocieron de chiquillos en el barrio La Siberia, epicentro de los Barracones del puerto del Callao. Crecieron rodeados de malandros, viendo pobreza, hurtos y ajustes de cuentas en cada esquina. «Es un lugar muy jodido. Ni los reportajes más feos se acercan a la realidad», me dijo un día Eddy mientras atendía a sus clientes. Llegaron a Madrid diez años atrás, recién casados, y solo después de reventarse el lomo en oficios al paso encontraron el alivio económico que prometieron que les darían a sus hijos cuando los tuvieran. Allá en Lima, Eddy era un albañil sin contrato y ganaba unos cuantos soles remendando redes de pescadores, mientras Glenda ayudaba a sus padres en el puesto que tenían a su cargo en un mercado del puerto. La hermana de Glenda había entrado a España como ilegal y les dejó una puerta abierta para que se animaran a cruzar el charco. «Quería irme, nunca antes había salido del Perú, ¿sabes?», me contó Eddy, con un dejo ibérico mínimamente marcado. Luego me confesó que sus primeros días de inmigrante, sin chamba, fueron deprimentes. «Me sentía mal. Me avergonzaba no tener papeles, no aportar, inspirar pena, no quería salir de mi casa». Con el trabajo formal y el sosiego vinieron también los hijos, Alessandro y David, de ocho y cuatro años, respectivamente, quienes acumulan no pocas preguntas sobre ese lugar remoto al que sus padres se refieren con dos sílabas. A Eddy le cuesta precisar cuál patria siente más suya: si la de sus padres o la de sus hijos. «Me identifico con el Perú pero no volvería. Cuando voy de visita, a los tres días ya quiero regresar. Todas las noticias hablan de extorsiones, asaltos, cobro de cupos. Eso lo conocí de chico, no quiero que mis hijos lo vean».

Recordé las palabras de Eddy semanas después del nacimiento de Julieta, cuando conversaba con Natalia sobre la posibilidad de alterar los planes iniciales y extender nuestra estancia en España indefinidamente. Dado que Natalia tiene ascendencia italiana (su bisabuelo paterno nació en Nápoles), Julieta ha adquirido automáticamente la condición comunitaria, lo cual le abrirá más de una puerta. También podría irse a Canadá, pues cuenta con la nacionalidad de ese país, ya que hace décadas Natalia y su familia pasaron una larga temporada en Montreal y consiguieron los papeles. De mi parte únicamente tiene derecho al pasaporte peruano, que no solo no tiene ningún peso migratorio sino que levanta sospechas en los funcionarios de frontera.

Pasamos varias tardes especulando con Natalia si Julieta estudiaría en el Liceo Italiano, tan cercano a nuestro edificio y tan bien referido por diversos amigos, quienes hablan satisfechos de los avances de sus hijos. Allí mi hija recibiría una educación de calidad, bilingüe, a cambio de un monto de dinero justo, irrisorio si lo comparo con los cobros inauditos de los «buenos» colegios limeños, algunos de los cuales ofrecen una formación que tiende a ser mediocre o elitista. No idealizo a España, aquí también hay corrupción, racismo, violencia de género, pero ni siquiera las eventuales amenazas terroristas impiden que en Madrid uno pueda sentarse a tomar un café o una cerveza en las terrazas de la vía pública.

***

Hoy, 12 de octubre, se recuerda el desembarco de Colón en América.
Julieta ha sonreído por primera vez.
He descubierto un continente.

***

Mis proyectos avanzan, aunque las obligaciones paternales conspiran contra mis lecturas y mi horario de escritura. Apenas me doy tiempo para las columnas y completar asuntos laborales pendientes. He dejado de nadar desde que nació Julieta. Debo rescatar ese espacio porque de lo contrario puedo desesperarme, asfixiarme y cuando eso ocurre tiendo a ser una mala compañía. Aunque cómo desesperarme si

Julieta solo proyecta bondad y contagia mansedumbre. Poco a poco nos vamos aclimatando a sus llantos y ademanes, ese idioma transitorio que cada día interpretamos con mayor acierto. El mejor momento ocurre cuando me siento con ella en la mecedora que compramos en Ikea y le susurro canciones antiguas; esa ha resultado ser una técnica hasta el momento efectiva para neutralizar episodios de llanto, generados comúnmente por el hambre o los gases.

Pasado mañana, domingo, saldremos para Barcelona en tren. Me han invitado a la ceremonia de entrega del Premio Planeta. Será el primer viaje de Julieta. ¿Soportará tres horas sin llorar? ¿Soportaremos nosotros?

***

Estoy en Fígaro, el café donde todos los martes nos congregamos para planear y producir las emisiones de *Exiliados*, el programa de radio que desde febrero de 2016 hacemos aquí cuatro amigos: Raúl, Marco, Ana y Jaime. El programa no es otra cosa que la formalización de nuestras conversaciones sobre el Perú. Durante meses, cada vez que nos encontrábamos en un bar de Malasaña, Chueca o Chamberí terminábamos hablando, rabiando, criticando, rememorando cosas de nuestro país. Nuestra conclusión era: uno se va del país, pero el país no se va de uno.

Una tarde decidimos hacer lo mismo pero con audífonos y micrófonos para darle a nuestra charla un sentido *profesional*. Al inicio grabábamos en una cabina prestada de la Universidad Complutense, pero los programas solo podían escucharse en un canal de YouTube. No nos fue mal, pero tampoco rayamos ni fuimos tendencia ni nadie nos reclamó cuando desaparecimos. Luego pasamos por la redacción de la revista digital *El Estado Mental*, pero aquella aventura no duró ni dos meses debido a contratiempos provocados por nuestra inconstancia: pocas veces estuvimos juntos. Ahora, después de haber comprado nuestros propios equipos, trabajamos en el estudio que Jaime ha acondicionado en el sótano de su casa, en Carabanchel, cerca del Vicente Calderón, que hasta hace pocos días fungía de base del Atlético de Madrid.

Todos los viernes hacemos el programa desde ese sótano y al día siguiente se emite en Perú vía Radio Nacional. A veces llevamos invitados, básicamente peruanos afincados aquí. Sería extraordinario consolidarnos, mejorar las condiciones, hacer de esto un trabajo rentable; pero si no prosperase como deseamos nos hemos prometido seguir. ¿Quién será el primero en desertar y traicionar esa promesa?

Exiliados es una de las dos actividades que no he modificado a pesar de las infinitas cosas que ahora hay que hacer en casa. La otra es el sagrado fútbol de los viernes (con la correspondiente escala etílica pospartido en un bar de Chueca llamado Hawái). El fútbol y la charla con amigos, con esos amigos, son el desahogo perfecto.

Sé que esta no es una época que pueda servirme de medida. Julieta es muy pequeña, mi suegra y mi madre aún están en Madrid. El caos es entendible. O eso quiero creer. Aun así extraño mi rutina anterior, leer, escribir, nadar, salir de la piscina con un soplo restaurador mezcla de distensión, salud, independencia, vitalidad. Imagino que más adelante habrá tiempo para reordenar los procesos, pero estaba tan acostumbrado a mi autonomía que cuesta adaptarse, decidir como adulto todo el tiempo, ser distinto del que era hace solo unos meses. Por otro lado, Julieta es una maravilla, una revelación ininterrumpida. Me sorprendo a veces frente a ella haciendo voces y onomatopeyas, componiendo con orgullo las mismas muecas que juré nunca gesticular. Me pregunto si toda esta ternura paternal siempre estuvo ahí, oculta, subterránea, aguardando el momento adecuado para ponerse de manifiesto.

Hay veces en que tantas paradojas me llevan a pensar en mi padre. Siento que por fin entiendo su forma de ser, de actuar, de enmudecer, todo lo cual me espanta un poco, pues de un momento a otro su poca participación en mi vida, su distancia, su egoísmo, me parecen tan humanos, tan comprensibles, tan obvios, y entonces me veo justificándolo retroactivamente solo para justificar mi propia mediocridad.

**

Estamos en Lima desde ayer. Julieta ha completado el viaje sin problemas. Gestionamos una cuna con tiempo en la aerolínea, así que pudimos dormir algo durante el vuelo. Igual fue un viaje largo, pesado, distinto. El lunes pasado, allá en Madrid, pocos días después de que cumpliera dos meses de vida, la llevamos al centro de salud para someterla al insalvable trámite de la primera vacunación. Natalia y yo sabíamos que lloraría a mares, por eso durante el camino le hablamos con especial delicadeza, pensando ingenuamente que así la mentalizaríamos para el duro trance que le tocaría pasar. Algo debió percibir Julieta allá abajo, en su coche, pues en su expresión habitualmente apacible pareció colarse de pronto un gesto de incertidumbre, el preludio del miedo.

Una vez en el consultorio la doctora nos anunció que serían tres las inyecciones. «¿¡Tres!?», grité consternado, como si fueran a ponérmelas a mí. Enseguida nos explicó el propósito de cada vacuna. «La hexavalente», dijo, «le generará defensas contra la hepatitis B, el tétanos, la difteria, la tosferina, la polio y el *haemophilus influenzae*». Siguió hablando de lo mismo pero dejé de prestarle atención. Poco a poco me fui mentalmente de ese cuarto, de esa conversación, traspasando los muros como si fuesen velos o sábanas. De repente estaba en otro tiempo, otra habitación, en la habitación donde me aplicaron la inyección más dolorosa que mi cuerpo recuerde. Estoy debajo de mi cama, escondiéndome de mi madre y del doctor Albán, que ha llegado a casa con su maletín de cuero y su olor corporal a jabón Marsella. No tardan en dar conmigo y en llevarme de los pelos. Como no logran persuadirme por las buenas, me fuerzan a ponerme boca abajo sobre el colchón, inmovilizándome como si hubiese cometido un atraco y fueran a arrestarme. Pero tengo seis o siete años y carezco de abogados que defiendan mis derechos. Compadeciéndose de mi lloriqueo asmático, mi madre me ofrece su objeto más preciado por esos días, su Walkman Sony, y me da las siguientes instrucciones: «Apenas sientas la aguja sube el volumen de golpe, te distraerá». Le sonrío con gratitud. Estoy salvado, pensé. El truco hubiese dado resultado si no fuese porque las pilas del aparato estaban gastadas, así que no bien sentí el aguijonazo vulnerar mi nalga chillé dos veces, la primera de dolor, la otra de frustración.

«¿Estás escuchando a la doctora, no?», me remeció de pronto Natalia, disolviendo el amargo *flashback*. «Sí-sí-sí», tartamudeé. Continué hablándole a Julieta mientras la desnudábamos y —en una infructuosa estrategia de despiste— señalé en la pared un afiche de *El libro de la selva*, donde se veía a Mowgli bailando con el oso Baloo bajo unas palmeras rebosantes de plátanos e invadidas por monos anaranjados. Julieta no me hizo caso. Sus ojos parecían atisbar el martirio que se avecinaba. Nos miró confrontándonos, como si quisiera balbucear algo así como «a dónde me han traído, cabrones».

La doctora me instruyó para que atenazara sus piernas, y cuando advertí que su rostro empezaba a descomponerse en mohines de susto, me sentí un traidor, un padre que entrega a su niña en nombre de una causa supuestamente noble e ineludible, pero que conlleva sacrificio y dolor. Natalia le acariciaba la cabeza, pero no había consuelo posible. Por más que quise cerrar los ojos me tocó lidiar con el sordo espectáculo de su sufrimiento. Un llanto mudo, feroz. Fueron tres agujas en el muslo, una detrás de otra. Agujas que sentí como dagas en mi carne. Tras el último hincón, Julieta rompió a llorar con todos los correspondientes efectos de sonido. La cargué en brazos, percibí sus temblores y —parafraseando a Tobias Wolff en *Vida de este chico*— sentí que acababa de arrancársela «a una manada de lobos».

Quebrado por su fragilidad pero también por su estoicismo, me la llevé cargada, dejamos a nuestras espaldas el centro de salud y, a lo largo de las cinco cuadras que nos separan de casa, no dejé de musitarle al oído cuánto la cuidaría en el futuro, lo muy a salvo que la mantendría de los peligros. Una vez en el departamento continué calmándola, o creyendo que la calmaba, soltándole más de esas frases llenas de aprensión hasta que en un determinado momento, harta ya de tanta sensiblería, como una forma de vacunarme contra el melodrama, mi hija me hizo saber lo que de verdad necesitaba. El olfato no mentía. La niña no requería otra promesa, sino otro pañal.

***

15 de noviembre. Día histórico. Acabamos de regresar del Estadio Nacional.

Le ganamos 2-0 a Nueva Zelanda y clasificamos a Rusia.

Este 2017 será para la posteridad: el año en que Julieta nació y Perú retornó al Mundial.

Es como si esos cometas que aparecen fugazmente una vez cada centuria se hubieran dejado ver juntos en el cielo.

***

Algo sucede. Algo *me* sucede, quiero decir. Anoche, en medio del matrimonio de Muriel y Joaquín, Natalia se sintió mal. La traje a casa y volví a la fiesta sin remordimientos. Prometí regresar temprano pero no cumplí. Lo hice a las cinco de la madrugada, mareado, apoyándome en las paredes, igual a mi padre cuando decía que volvería temprano y regresaba cuatro horas después apestando a alcohol y se quedaba dormido en la mesa de la cocina y había que ayudar a mi madre a cargarlo, llevarlo hasta el cuarto y depositarlo en la cama. Cómo pesaba mi padre. Cómo pesa.

Hoy, domingo, luego de pedirle disculpas y amistarnos, fuimos a un almuerzo. Allí nos esperaban cuatro amigos míos con sus esposas e hijos, algunos de la edad de nuestra Julieta. Una noche de hace un par de décadas, con esos mismos amigos, bebiendo cervezas en un parque, jugamos a vaticinar el orden en que nos casaríamos. El futuro, en ese entonces, quedaba lejos. Con los años el pronóstico se cumplió al pie de la letra: el primero en casarse fue Rubén, luego le tocó a Alberto, siguieron Piero, Francisco y al final yo. Hoy hablamos de aquella noche, nos reímos y brindamos porque las cosas ocurrieron tal cual las adivinamos o intuimos. No me gusta pensar que la vida es así de predecible, pero lo concreto es que vi a mis amigos felices, contentos, realizados con sus esposas e hijos. ¿Se me verá igual? ¿Despido ese mismo aire de plenitud? A veces creo inspirar otra cosa. Tengo una esposa que adoro y una hija que es un sol, pero actúo raro, me voy de copas hasta las cinco de la mañana y nada cuenta salvo saciar mis ganas de pasarlo bien, lejos de casa, lejos de mi familia, como si el mundo fuera a terminarse pronto y no quisiera dejar de exprimirlo. ¿Por qué me cuesta tanto la idea de formar una familia? De niño era desapegado y poco familiar, pero pensé que corregiría eso con los años. ¿Se pueden corregir las inclinaciones marcadas en la infancia? ¿Puedo ser ahora el tipo familiar que nunca he sido? ¿O lo he sido pero me gusta creer que no?

El mundo, se lo decía hoy a mis amigos, se divide en dos clases de personas: las pragmáticas y las emocionales. Las primeras, racionales, operativas, estudian el escenario que tienen enfrente y toman decisiones sin debatirlas en exceso. Las segundas, en cambio, divagan, problematizan, dudan, elucubran y solo después actúan, por lo general sin aplomo. Sobra precisar a cuál grupo pertenezco.

***

Qué es lo mejor de ser papá, me inquirió un amigo hace unos días, en medio de un desayuno prenavideño. Tengo menos de cuatro meses, todavía no lo sé, le respondí. Pero algo nuevo habrás aprendido, insistió. Déjame pensar, le dije. Repasé los últimos días como quien rebusca en un cajón desordenado y, en efecto, ahí estaban los hallazgos que hasta ese momento no me había tomado la molestia de identificar. A veces el aprendizaje vaga dentro de uno sin nombre, va acumulándose en medio de la maleza de la costumbre y solo se hace patente cuando el raciocinio lo alcanza a través de la palabra.

Pensé en tres situaciones cotidianas recientes que me han conmovido, aunque no sabía cuánto. Pensé en la forma en que Julieta se relaciona con el agua. De tanto tramitar con el agua, uno se acostumbra a tener con ella un vínculo mecánico, utilitario, recreativo. ¿Cuál es nuestra mayor preocupación al abrir un caño? La escasez, la purificación, la temperatura. A través de los ojos de mi hija, sin embargo, el agua no es solo un recurso. En ese océano de miniatura que es su bañera, el agua es una presencia envolvente y, como si me topara con ella por primera vez, he vuelto a reparar en aspectos que de tan obvios habían dejado de concitar mi atención: su consistencia inaprensible, su facultad reanimadora, su marea percudida que poco a poco va aquietándose una vez que el cuerpo desocupa el recipiente.

También pensé en ese momento del día en que cargo a mi hija delante del espejo, nos miramos en el vidrio y ella contempla su reflejo con intriga. A diferencia de los adultos, que damos burocráticamente por sentado que el cristal plasma el mundo real y nos enfrentamos a él con vanidad, los ojos de los niños escrutan esa lámina con vértigo preguntándose si ese mundo reflejado es una copia, una extensión, un invento, un sueño, o si es posible que

186

exista tantísima profundidad en la pared. Cuando la Julieta en brazos mira a la Julieta del espejo y acerca su mano para tocarla, a veces sonríe, a veces refunfuña, pero no rehúye al contacto, actúa como si fuera consciente de que ella —es decir, la otra— es y no es, existe y no existe, vive y no vive en el mismo plano del universo. O puede que sea solo mi imaginación y lo que en realidad piensa mi hija cuando pone cara de desconcierto es que su padre duplicado se ve mejor que el señor barrigón que la sostiene.

Una noche, hace un mes, descubrí a Julieta mirar muy concentrada la lámpara en forma de araña que cuelga del techo de su habitación. Me fijé bien en el curso de sus ojos y descubrí que no eran las luces, sino las sombras, lo que le fascinaban. Me detuve en esas sombras que cada noche anterior habían estado allí sin que yo les prestara mayor interés pero que ahora, por intermediación de mi hija, cobraban formas animales. Las miré bien y de pronto eran tarántulas gigantes. Recordé el capítulo de la *Enciclopedia Temática* dedicado a los «Manimales» e instintivamente procedí a componer en la pared, con las manos, como hacía de niño, siluetas de fieras e insectos —el conejo, el perro, el búho, el cocodrilo, el pájaro, la araña, la libélula—, y cuando vi a Julieta deslumbrarse y celebrar con una sonrisa la proyección de aquel zoológico animado pero mudo sentí que aquel interés recreativo acababa de justificarse, y que era muy probable que a los once años hubiese adquirido ese conocimiento únicamente para aplicarlo ahora con mi hija.

Ya sé qué es lo mejor de la paternidad, le contesté a mi amigo tras hilvanar en la mente los episodios del agua, el espejo y las sombras. La reconquista de la pureza, le dije, sin solemnidad, al menos una reconquista parcial, o quizá engañosa, o quizá sea la nostalgia de una pureza que no existe, que en realidad nunca estuvo a nuestro alcance. Al decirlo sentí unas ganas inconmensurables de abrazar a mi hija.

***

Esta es la primera Navidad de Julieta.

Ha recibido regalos por doquier.

Ropa, artefactos, juguetes que tardará en apreciar.

Con Natalia intercambiamos obsequios, nos tomamos cientos de fotos, bebimos chocolate.

Mi frialdad era indisimulable. «Estás hecho un témpano», opinó ella. Diría que es el cansancio si no fuera porque no estoy haciendo absolutamente nada para cansarme. No trabajo. No hago deporte. No ayudo en lo que debería. Me la paso yendo a almuerzos, reuniones para ver proyectos que tal vez no se concreten, celebraciones donde no tengo nada que celebrar. Qué pasó con la seguridad y el entusiasmo que definían mi vida hasta hace poco. Releo las notas que tomé hace dos años, al llegar a Madrid, y quisiera volver a ser el hombre que las escribió. La otra tarde, en medio de una discusión con Natalia, le dije que no venía sintiéndome muy feliz y puse por pretexto el vivir con sus padres. Turbada, me planteó mudarnos, irnos a una habitación del hotel que su familia administra cerca del malecón. Sería cómodo. Sería gratis. Igual me negué. Por qué hice eso. Por sinvergüenza, o por cretino, porque al estar en casa de mis suegros puedo escapar, huir unos minutos, dar vueltas, como si pudiese encontrar en la calle la parte de mí que se ha perdido.

***

Hoy, miércoles 27, fue el bautizo de Julieta. Lo celebramos en la iglesia de Santa Providencia, una breve ceremonia a cargo del padre Pacho, el mismo que nos casó, un tipo orondo, inteligente, lúcido, muy distinto al común de sacerdotes que conozco, sobrado de humor y anécdotas producto de todo lo vivido en sus cincuenta y pico de años.

Del bautizo me quedo con ese cautivante aire sacro que domina todo ritual religioso y que se afianza con la presencia de las estatuas de santos, las pinturas de Cristo y esa luz transparente que despiden los ángeles y mujeres piadosas retratados en los vitrales. Para Natalia y su familia, también para mi madre y algunas tías, el bautizo ha marcado el ingreso de Julieta al catolicismo. Mi posición dista sobremanera de aquella. No me quejo del bautismo en sí, está bien, es una tradición y me ha gustado cumplirla, pero será Julieta, no nosotros, quien le encuentre significado posteriormente. Los hijos aceptamos dócilmente la religión que nuestros padres nos transfieren y, a pesar de que nuestro espíritu no logra ajustarse a sus reglas, militamos en ella por costumbre o miedo a renunciar.

A estas alturas sé que creo en Dios o tiendo a tener fe en su existencia. Soy, por lo demás, gran admirador de la iconografía religiosa que recoge los más dramáticos pasajes bíblicos, pero hace lustros dejé de estimar los preceptos de la Iglesia católica, la misma a la que serví durante años como fiel activista en la parroquia de mi colegio. La obnubilación por fijar conceptos como culpa, pecado o penitencia solo ha producido histeria y cinismo en la sociedad, donde la gente, en vez de profundizar en sus complejidades y debilidades, prefiere golpearse el pecho para amortizar las promesas morales incumplidas.

Estos últimos meses, mientras Julieta crece y adopta nuevos rasgos, aprende a morderse las manos, lanza chillidos cada vez más prolongados, sostiene casi por completo su cabeza, y deja de usar sus primeras ropas, mientras todo eso sucede, mi matrimonio, lo noto, se desmorona, pierde energía, se desvanece. He dejado de sentir por Natalia ese amor de pareja que alguna vez sentí, que me llevó a tomar las decisiones más extremas y gravitantes de mi vida: casarme, irme del país, convertirme en padre. Cosas que no pueden hacerse sin amor. Sin embargo, ahora me siento desarraigado, desorientado, sin un lugar físico que sienta verdaderamente mío. En Madrid alquilamos un piso. En Lima vivimos donde mis suegros. Mi departamento de Surco lo ocupa un ingeniero de minas francés. Mis libros, mis películas, mis discos, mis afiches, mis recuerdos, todos los objetos que coleccioné y que en cierta forma hablan de mis manías, de mis gustos y de mis aficiones están arrumados en un cuarto del sótano de mi madre. No estoy en ningún sitio. No tengo un lugar. En *La metamorfosis*, la segunda pesadilla de Gregor Samsa después de asumir su nueva condición de insecto es ver cómo su familia desmantela su habitación y la convierte paulatinamente en cárcel, una transformación que lo irrita tanto o más que la experimentada por su cuerpo. Sin el sofá, el baúl y los muebles heredados que tanta calidez le garantizaban, Samsa comienza a percibirse aislado primero, inexistente después. Desprovisto de un metro cuadrado genuinamente mío, a veces me siento así. Y si no existo, cómo puedo ser un buen aliado para mi esposa, cómo puedo sonreír ante mi hija con franqueza.

***

Ayer Julieta cumplió cuatro meses. Es risueña, cierra los ojos al sonreír, pide abrazos, disfruta pasear, ver la luz del día, rozar las hojas de las plantas con la yema de los dedos. Hace casi un mes (el 2 de diciembre, con exactitud) dejó de tomar fórmula y pasó a alimentarse solo con leche materna. A veces pienso que hablará de un momento a otro. Esta semana tuvo su primer resfrío, pero está recuperándose. Quien no se recupera soy yo. Desde que vinimos a Perú he caído en el desánimo, en un estado de opresión que no termino de explicarme. Debería estar feliz al lado de mi esposa y mi hija, rodeado de familiares, amigos, visitas, pero no puedo. Mis suegros nos han acogido con amabilidad, pero el problema no está en su trato, ni en su casa, ni en el entorno, ni en la ciudad, ni en el país. El problema está en mi interior. Me siento sofocado, improductivo, desplazado. Quiero estar solo y, al mismo tiempo, acabar con mi soledad. Siento no calzar en este ambiente y solo ese sentimiento me hiela. ¿En qué momento empecé a sentirme de esta manera? Hace un par de meses fuimos a Murcia y juro que fui dichoso. Natalia iba por las mañanas al seminario de alergias y yo me quedaba con Julieta, le preparaba el biberón, la cambiaba de ropa, paseaba con ella por las calles, bajo el sol, por la ribera del río Segura, a través de los mercados montados en la vía pública y nos deteníamos en un café con terraza, donde ella dormía y yo tomaba una cerveza y avanzaba en la lectura de una novela de Ricardo Piglia. Por la noche, después de cenar en algún restaurante del centro y hablar acerca de los hechos del día, Natalia y yo dormíamos sin sobresaltos. No sé qué ha ocurrido. No sé qué ha disuelto aquella aparente solidez. O tal vez sí lo sé y no me atrevo a admitirlo. Menos aún a escribirlo. ¿Qué me pasa? Quiero a Natalia, sin lugar a dudas, pero dónde está el amor que me llevó a casarme, a irme del Perú, a acompañarla donde fuera. ¿Dónde quedó el deseo con que antes nos besábamos y acariciábamos? ¿Qué pasó con todo aquello? Ahora la miro de lejos, sentada frente a la chimenea, y la veo tan realizada con Julieta entre brazos que a veces pienso que mi misión era esa: darle un hijo. Quizá me tocaba cruzarme con ella para traer a Julieta al mundo. La siento mi amiga, mi compañera, pero cada día menos mi enamorada o mi amante. La culpa no es suya, tampoco mía. ¿O sí? ¿O es que soy un inmaduro que cree que el amor es apenas un cúmulo de pulsaciones y adrenalina? Me da pánico pensar que mi capacidad de amar se ha desgastado tan pronto o, peor, que ha languidecido del todo. Ni yo lo quiero ni Natalia lo merece. Pero el amor no tiene que ver con la voluntad ni los propósitos ni la justicia. ¿O sí? ¿O el amor es básicamente eso, voluntad, propósito, decisión? Y si es así, ¿por qué no está en mí amar de esa manera?

Quién sabe si algún día estas notas vean otra luz que no sea la de la lámpara de pie que ilumina a medias la habitación donde ahora escribo. Son casi las dos de la mañana. Ya todos duermen aquí. La madrugada se ha vuelto mi cómplice, siempre lo fue, solo nos habíamos dado una tregua. Mañana quisiera salir a correr, a caminar, a despejarme, a olvidar estos pensamientos que me torturan, que me hunden poco a poco en una tristeza que ya no puedo ignorar.

***

Pasamos el Año Nuevo en Playa Totoritas junto a dos parejas de amigos. No iba a esa playa desde que rompí con Marisol. Mejor dicho, desde que Marisol rompió conmigo. Su padre fue uno de los fundadores del balneario, fue lógico frecuentarlo durante los tres veranos en que fuimos novios. Mientras caminaba por el estacionamiento y atravesaba los jardines y calles de Totoritas no podía, tal vez no quería, dejar de recordar los buenos momentos en esa playa. Una rápida selección de recuerdos, como si pudieran editarse arrancándoles la tramposa capa de melancolía. Las caminatas por la bahía, ciertos atardeceres, ciertas conversaciones en la terraza hasta la madrugada. Me dura un poco la pena por cómo actué con Marisol, por cómo me desenvolví hacia el final, por las cosas estúpidas que hice, por la forma bastante grotesca en que dinamité una relación a la que aún no se le había agotado el oxígeno.

Pero, bueno, ya está, vamos a lo mío, y lo mío hoy es mi familia, mi adorable hija de pocos meses de nacida y mi adorable esposa, a quien quiero pero de quien me siento alejado. No es falta de proximidad física, que también, sino de lejanía emocional, la peor de las distancias, pues no se conoce un remedio específico para reducirla. Siento que día tras día, en cámara lenta, me precipito a un abismo de preguntas sin respuesta y penetro en el interior de una tormenta dominada por el silencio. Puedo quedarme callado de la boca para afuera, sin decirle nada a nadie acerca de cómo me siento o cómo razono, pero dentro de mí hay bulla, bulla en abundancia, y no me gusta escucharla. ¿Es esto una crisis? ¿Así es como se manifiesta la famosa crisis del matrimonio? ¿O es una crisis de paternidad? ¿O son ambas en simultáneo? Para lidiar contra ellas me abstraigo, me concentro en conversaciones con amigos, divago en redes sociales, interactúo vía Twitter o Messenger con gente que apenas conozco, leo cuando puedo, en suma, evito la realidad, dejo que la vida decida por mí, que el río avance y marque con su ritmo los bordes y fronteras que no soy capaz de definir.

A veces pienso que la mía no es una crisis sino una enfermedad en ciernes, una enfermedad sin nombre puntual. Tal vez sea eso lo que ha empezado a desesperar a Natalia: no tener una prueba científica para saber a qué mal nos estamos enfrentando. Para ella, que es una doctora dedicada, que siente verdadera compasión por el enfermo, debe resultar desconcertante no poder identificar el virus que afecta a su esposo. Viajó a Madrid para estudiar alergias, para entrenarse y entender por qué la gente rechaza ciertos elementos; no estaba preparada para experimentar el rechazo. Nadie lo está. En rigor, no es ella quien genera rechazo en mí. Tampoco Julieta. Soy solo yo. Nadie más. Yo o el hombre en el que me he convertido. Ser un esposo cariñoso y un padre de familia atento es un bello rol, pero ¿es mi rol? Creía que sí y lo ejercí con gusto, con placer, con orgullo, e hice todo lo posible por mimetizarme con ese individuo (¿en verdad lo hice?), pero hoy no me siento capaz de seguir ejerciendo el papel, un papel que yo mismo elegí hace apenas dos años, cuando todo este marasmo era impensable. La función acaba de empezar, y aquí me tienen, disculpándome con todos, el elenco, el público que mira absorto desde el auditorio, el equipo de operarios, aquí estoy, aceptando que mi ingenio y destreza no están a la altura del libreto de la obra. Puedo actuar, cómo no, y hasta sacar adelante unas funciones, pero carezco de toda convicción. Tirar la toalla en medio del espectáculo es un acto indecoroso, cobarde, lo sé, no voy a defenderme, solo quiero comprender por qué diablos lo hago. ¿Era así como pretendía corregir el pasado de mi familia? ¿Formando una nueva para finiquitarla temprano? ¿Por qué actúo de este modo? ¿Por qué me siento con la libertad de comportarme así?

La noche de Año Nuevo en Totoritas no fue especialmente memorable. Bebimos ginebra en la terraza, arrojamos carnes y vegetales a la parrilla, vimos los fuegos artificiales surcar el cielo, conversamos largo, nos reímos, creo que hasta cantamos y bailamos después de cenar. Yo estaba ahí pero a la vez no estaba. Natalia se retiró a dormir temprano con Julieta en brazos. La sentí desengañada, dolida con mi parquedad. En un momento, ya bien pasada la medianoche, salí de la casa y caminé hacia el malecón donde decenas de personas se apiñaban frente al mar para ver y oír el estallido de las últimas bengalas. Varios se caían de borrachos. De la nada se me acercó un tipo que caminaba en zigzag. Solo lo reconocí cuando lo tuve a medio metro. Era Miguel, el hermano mayor de Marisol. Su linda esposa, Melissa, lo ayudaba a no trastabillar. Conversamos breve, bien, con una especie de afecto-a-pesar-de-todo. Hablamos de los trabajos, los hijos, del paso del tiempo. No mencionamos aquello que me alejó de su familia. Él tuvo el tino de no recordar mi mal proceder y yo se lo agradecí dándole un abrazo. Listo, Miguel, feliz año, que venga lo mejor para ustedes, saludos por casa, hasta pronto.

A la mañana siguiente volvimos a Lima en una camioneta prestada. En el asiento trasero, Natalia daba de lactar a nuestra hija. Entonces hablamos. O ella habló y me pidió o exigió decirle qué estaba pasando conmigo. Me quedé callado unos segundos hasta que no pude más y, mirándola a través del espejo retrovisor, le dije con sequedad: «Ya no sé si te amo». Ahora que escribo esa frase recién capto su atrocidad. Debió ser terrible escucharla. Uno no quisiera nunca decir cosas de ese tipo, ni albergar dentro sentimientos como los que yo albergaba esa primera mañana de enero de 2018, el primer día del año, día en que las parejas se recuerdan el amor que las une y se hacen promesas acerca de un futuro mejor. No tuve para mi esposa ni una cosa ni la otra. Solo atiné a vomitarle esa frase devastadora de cuya autenticidad hoy no puedo dar fe. Al día siguiente, por insistencia suya, empecé a buscar ayuda profesional. Pronto empezaríamos una terapia de pareja.

***

El viernes pasado fue mi cumpleaños. Cumplí cuarentaidós. Desde el lunes anterior fuimos a un club playero del sur y ocupamos un búngalo con mi madre, hermanos y sobrinos. Hacía demasiado calor, las moscas sobrevolaban la cocina y el balcón por montones. No la pasamos mal, tampoco bien. El sábado nos cambiamos a casa de una tía y por la noche dejamos a Julieta al cuidado de una niñera para poder ir a una discoteca con un grupo de amigos. Yo estaba raro, distraído. A la hora de bailar con Natalia lo hacía con desgano. Antes bailábamos tan bien, sincronizados, divertidos, sin perder el paso ni la química. En cambio ahora, por más esfuerzos que ella ponía, no podía seguirle el ritmo. No como antes. No con la vieja motivación. En un momento dado, fui a servirme un trago a la barra más lejana y tardé como si nadie estuviese esperándome. Todos se dieron cuenta. A esa misma hora, en la casa donde nos alojábamos, Julieta estaba siendo devorada por una flota de zancudos. Natalia volvió antes que yo y casi se desmaya cuando encontró a nuestra hija con hematomas y picaduras en las mejillas, la frente, el mentón, la nariz y hasta las orejas. Al llegar yo, horas después, casi a las seis de la mañana, la borrachera que traía encima se diluyó apenas vi el rostro herido de mi hija. Parecía tener viruela o sarampión. Cuando quise averiguar lo sucedido, Natalia me respondió con una mirada cargada de recriminaciones. Hasta el día de hoy la pobre Julieta sigue con esas ronchas que parecen ampollas. La noto cabizbaja. A veces pienso que su malestar no se debe únicamente al ataque de los mosquitos, sino a las tensiones que no conoce pero ya respira. Amo a mi hija. Deseo ser su amigo, verla crecer, pero quiero que me vea contento. Por eso debo dejar atrás las vicisitudes y ponerle fin a esta incertidumbre que está destruyéndonos a todos.

**

Desde hace tres semanas acudimos donde una terapista de familia. Se llama Gloria, es chilena, atiende en Barranco, en una especie de clínica de salud mental o espiritual de donde entran y salen parejas que fluctúan entre los treinta y cincuenta años. El conflicto se les nota en la cara, en la postura del cuerpo, en la quietud y el ceño fruncido con que hojean revistas mientras esperan el turno de ser atendidos. Algunos de esos hombres y mujeres lucen muy pálidos, como si en las noches previas, de tanto pelear, se hubiesen desangrado. Las crisis se notan enseguida, como cicatrices o deformidades. Seguro que a nosotros también.

Cada vez que nos recibe, Gloria se sienta en un sillón y desde allí nos escucha, nos interroga, intenta empatizar. Cuando nos ve discutir deja avanzar la controversia, actúa como un sagaz árbitro de boxeo que espera el momento adecuado para intervenir, cortar la pelea y desamarrar los brazos trenzados de los adversarios. ¿Eso somos aquí? ¿Adversarios? Por momentos lo parece. Nuestra forma de ver la vida, el mundo, las relaciones, la familia, el futuro y la rutina es tan distinta que, en estos días en pugna, más de una vez me he preguntado qué fue lo que nos unió, qué nos hizo enamorarnos, de qué intereses comunes germinó la relación. La semana pasada, Gloria nos pidió contarle cómo nos conocimos y nos pusimos de novios. Ese día yo venía cargado, ofuscado ya no recuerdo por qué, quizá porque la casa de mi madre continúa sin venderse, o tal vez solo estaba harto del contexto, de mí, de mi vida, de no ser productivo, de no escribir, de no saber cómo afrontar la paternidad y el matrimonio. De repente me vi diciendo cosas que nunca debí decir, calificando de «mediocre» mi amor hacia Natalia y poniendo en duda la sinceridad de mi compromiso con ella. Me porté como un imbécil. No debí abrir la boca. Fue una sesión durísima, desgarradora, llena de lágrimas de ambos lados, donde vi por primera vez el rencor asomarse a los ojos de mi esposa. Una mirada de dolor que no olvidaré jamás.

***

Dentro de algunas horas viajaremos a Madrid. Una parte de mí quiere volver, la otra quedarse en Perú. Con su ruido social, sus ofertas de trabajo y tentaciones diversas, Lima me ha atrapado, me ha llevado a cuestionar las decisiones radicales que tomé hace tres años, que cambiaron mi vida. Claramente no soy el mismo de hace dos años. No sé si soy lo que ansiaba ser. No sé qué ansiaba ser. Lo que sé es que la crisis no pasa, al revés, se agudiza en mi interior, estalla en mi cabeza, repercute en todos mis actos. Trabajo con mi psicoanalista otra vez, pero las dudas no cesan. Felizmente está Julieta, que con una sola mirada detiene el derrumbe y restablece el orden. Tiene ese poder.

Ando tan confundido y desorientado que me he suscrito a una página de astrología. Una consejera habla ahí de la energía reinante según la rotación de los planetas,

197

del alineamiento de las estrellas, del movimiento de los asteroides, del influjo de los eventos lunares, de las temporadas que determinan los eclipses totales o parciales, de los ciclos que atraviesa cada signo, y sugiere canalizar las vibraciones cósmicas disponibles para tomar las decisiones más adecuadas para uno y su entorno. Me pasa con esos vaticinios lo que de adolescente me pasaba con ciertas canciones: me sentía tan sugestionado por sus letras que esperaba a ciegas que ellas me anunciaran el desenlace de mis propias historias y me dieran la medicina o fórmula que acabara con mi angustia. Nunca sucedió, claro está. Las canciones hablan de la vida pero no son la vida. Este horóscopo es mi nueva cábala: confío que me ayudará a encontrar una salida honrosa a todo esto, pero luego pienso si las crisis tienen salidas honrosas o tienen salidas nomás.

***

Salgo con Julieta a recorrer nuestro barrio en Madrid. Es martes. La llevo en coche por toda nuestra calle, Modesto Lafuente, y volteamos en la esquina con Fernández de la Hoz, donde hay un circuito de columpios y una librería, El Dragón Lector, que será, que ya es, una de nuestras paradas obligatorias. Luego subimos por toda la avenida Abascal y le muestro los lugares donde suelo ir en mis correrías de lunes a viernes: la Oficina de Extranjería, la barbería de Iván, el local de fotocopias que regenta un paquistaní, la panadería del colombiano de lentes que, cuando despierta de buen humor, agrega un *croissant* a la bolsa. En estos días de dudas y miedo, mi hija es la única persona que me permite aferrarme a algo, aunque sea al manubrio del coche donde ahora duerme. Aprovecho su sueño para conocer el nuevo bar de la cuadra, Ardoka (que en vasco significa «vinoteca»). Abrió hace poco en reemplazo de la Gata, que era *mi* bar, el bar que más frecuenté cuando recién llegamos en 2015 y que clausuró, como otros locales de estos lares, cuando recién nos acostumbrábamos a ellos. Me gusta Ardoka, no es entrañable todavía, pero tiene bancos cómodos, buena barra, buena luz y con eso por ahora basta. Además, sirven las cañas como manda la tradición, con tres dedos de espuma.

***

De la Oficina de Extranjería me llega una notificación que sabe a ultimátum. Mi solicitud de ampliación de residencia ha sido rechazada. Si en los próximos diez días no adjunto nuevos documentos que acrediten mi continuidad como corresponsal, mi permiso será cancelado y, si eso sucede, podrían echarme de España. Solo faltaría eso: que me boten del país. ¡Todas son malas noticias, contratiempos, inestabilidad!

***

Hemos venido al San Gerónimo para un control de hipertensión de Natalia. Ha entrado al consultorio con Julieta, para darle el pecho. Esta noche viajamos a Oporto por su cumpleaños. Los ánimos en casa no son los mejores. Mejor dicho, están quebrados. Me apena tanto haber provocado esta hecatombe. A veces pienso que hubiese sido mejor quedarme callado, con la mierda adentro, no decir las cosas que dije, o al menos no del modo aplastante en que las dije. Habría explotado de cualquier forma, pero en otro momento. Natalia no me perdona eso: justo cuando Julieta más necesita de ambos vengo yo con mi crisis de identidad a malograr los planes. Veo pasar pacientes en sillas de ruedas, familiares que se acompañan, también hombres viejos que vienen solos a atenderse, que quizá no tienen quién los espere al volver a casa. ¿Qué es lo que estoy buscando? ¿Ser libre? ¿No es posible la libertad dentro del matrimonio? Nunca seré libre, ya no. Tampoco sé si quiero serlo. La libertad está sobrevalorada. Hice maravillas e idioteces cuando la tuve. Ahora, con esta parálisis, no sabría cómo administrarla. Tiene razón Kafka cuando dice: «Soy libre y es precisamente por eso que estoy perdido».

Me temo que nadie saldrá ileso de esta crisis. Ni Natalia ni Julieta ni yo, ni nuestras familias cuando sepan cómo me siento. Puede que el problema radique en la mirada idealizada, poco pragmática que tengo del amor. Lo escribí antes, la gente pragmática funciona mejor: no cuestiona la realidad, la toma como viene, se amolda a ella según sus aspiraciones. Yo no me fío de la realidad, creo que es conveniente desmentirla. Nunca —salvo etapas más bien efímeras— he logrado comportarme como un hombre firme, seguro, orgulloso. La mayoría de veces me he visto dominado por dudas. Ahora mismo estoy en una situación tan vulnerable que temo tomar decisiones equivocadas. Pronto viajamos a Portugal. Espero que este paréntesis nos revitalice.

Hace unos minutos Natalia me trajo a la niña. La coloqué en el coche, logré amarrarla con el arnés sin que se despertara. Envidio su paz, su alivio, su respiración tranquila. Qué débil me siento frente a ella. Tiene todo lo que ahora me falta.

***

Oporto.

Estamos alojados en un bonito hospedaje de la calle Formosa, frente al famoso Mercado do Bolhão, decadente construcción de dos pisos que data de 1914, donde venden bacalao, frutas, flores, vino, cerámicas y llaveros en forma de sardinas. A unas cuadras de aquí está el Café Majestic, otra reliquia de la ciudad, donde se dice que a inicios de los noventa J.K. Rowling escribió el primer libro de la saga de

Harry Potter. Si se lo pides, los mozos te señalan la mesa donde supuestamente trabajaba.

Desde el bar de la segunda planta del hotel hay una vista privilegiada de la fachada del mercado. Hace una hora Natalia subió a la habitación a reposar y me quedé con Julieta. En un momento dado, con ella en brazos, me acerqué al ventanal y no pude quitar la mirada de una escena que se me ha quedado grabada. En la puerta del mercado, un hombre, sentado en un banco, vestido de manera costumbrista, hacía girar la manivela de un pequeño órgano que reproducía una música barroca. La melodía venía grabada en unas cintas de papel perforado. Al lado del hombre, su hija —lo supe por el parecido—, una niña de unos ocho años, movía las piezas de un tablero de ajedrez. Los miraba muy atenta una gallina parda, nerviosa, colocada estratégicamente sobre un barril. En el suelo, entre unos muñecos de duendes, un sombrero volcado hacia arriba recibía las monedas que dejaban caer los turistas. Se notaba que el hombre y la niña montaban el concierto a diario. Parecían inmigrantes, franceses, polacos o algo por el estilo. Lo que me cautivó no fue solo la música que provenía del instrumento ni lo pintoresco aunque precario de sus ropas, sino la silenciosa complicidad entre padre e hija. Su comunicación estaba hecha de signos, gestos, mensajes tácitos que la niña descifraba tan bien como el órgano hacía con las partituras. Era ella la encargada de colocar las cintas con melodías nuevas y la que agradecía en nombre de los dos los aplausos y contribuciones del público. Pensé dónde estaría su madre, si acaso viviría, si acaso sabría cómo se ganaban la vida. Y pensé también en mi hija, que acababa de quedarse dormida en mis brazos, y deseé con todas mis fuerzas que nuestro vínculo en el futuro sea así de complementario, así de vital.

***

NOVENO

Hoy vuelven Natalia y Julieta de Berlín después de pasar unos días en casa de mi cuñada. Me gusta el barrio donde vive, Mitte. Más precisamente, me gusta la calle donde está situado su edificio, junto a una absentería que parece una botica salida del siglo XVIII, donde atiende un tipo rudo que antes de servir cualquier brebaje, para que el cliente tome precauciones fisiológicas, advierte que el local no cuenta con servicios higiénicos.

Esta mañana estoy solo en Madrid. Regresé ayer de Portugal después de unos días fructíferos en Póvoa de Varzim y Lisboa, invitado por los organizadores del encuentro Corrientes Da Escritas y el Instituto Cervantes.

Lo que más me gusta de acudir a esos festivales es asistir a mesas redondas donde conversan autores experimentados, hombres y mujeres curtidos por la vida y los libros a partes iguales. No es un tema de edad tanto como de trajín o fogueo. Para la literatura, para todo en general, la precocidad y el encierro son atributos discutibles. Independientemente del renombre que posean, me inspiran más los escritores que han vivido que los genios que parecen haberlo leído todo pero cuyos reflejos vitales están fuera de forma por el poco uso. Creo en la reclusión y el repliegue, pero no cuando inhiben del todo al escritor o a quien sea de entrar en contacto con la calle, la gente, el mundo. El arte, cualquier arte, es una prolongación permanente de la realidad, de cualquier realidad. El arte es el lugar donde la realidad cobra sentido. La escritura es un oficio lento, de constancia, paciencia, tenacidad, pero también de transpirar, mirar, recordar, vivir, dudar. En una palabra, empeño. No siempre destaca el empeñoso, pero prefiero escuchar lo que un empeñoso inquieto tenga que decir y contar antes que padecer el soliloquio de un autor que presume de su erudición, sus premios, sus lecturas, pero que carece de experiencias, riesgo, incorrección. No me interesan en lo más mínimo los autores que hablan de la vida desde fuera de la vida.

Durante los tres días del encuentro hubo momentos en que me sentía más alumno que autor; me gusta sentirme más alumno que autor. Me pasaba largo rato apuntando en mi libreta ideas sueltas oídas en boca de los participantes, frases acerca de la creación, la inspiración, la ficción, el estilo o cualquiera de esos temas sobre los que suelen reflexionar los escritores y lectores de novelas cuando se juntan en congresos o festivales. Un par de veces hice el ejercicio de pensar qué hubiera dicho de haber estado allá arriba en el estrado, solo para comprobar segundos más tarde que era mejor estar sentado en una butaca, confundido entre el público.

Disfruto participar en uno que otro conversatorio y hablar frente a personas que no he visto antes y probablemente nunca volveré a ver. Saber que nadie espera nada de mí me relaja, me libera, favorece una vaga claridad en mis palabras.

Dije arriba que lo que más me gusta es escuchar a cierta gente con recorrido. Mentí. Lo que más me gusta es interactuar con escritores en el hotel, ya sea en el comedor, el *lobby* o el bar. Me refiero a escuchar sus anécdotas inverosímiles y verlos blandir sus copas o botellas, emborracharse y tal vez hasta bailar para terminar constatando lo que ya sabíamos de antemano: que todos, incluso los más celebrados pero también los anónimos, son, o sea somos, una bola de adolescentes inseguros y narcisistas intentando llamar la atención de alguna manera. Algunos lo disimulan con más astucia, eso es todo.

***

En Póvoa caminé varias veces por el malecón observando los restaurantes con terraza frente al mar, con sus mesas cubiertas por manteles blancos sobre los que resplandecían tenedores y copas transparentes. Entre restorán y restorán proliferaban unos bares clavados sobre la arena roja. Eran bares que en las tardes ventosas de febrero lucían deshabitados, marchitos. Arriba el sol iluminaba pero calentaba con displicencia.

Al fondo estaba la playa, donde el mar helado ejercía atracción sobre surfistas temerarios, gaviotas porfiadas y grupos de pescadores que, de pie, sobre los peñascos, cogiendo a dos manos sus cañas de pescar, enfrentaban los bandazos del Atlántico.

Por las mañanas y tardes iba y volvía del antiguo Cine-Teatro Garret, donde tenían lugar las mesas y conferencias. Desde ese punto caminaba hasta el muelle y a veces visitaba la fortaleza de Nossa Senhora da Conceição: valiosos minutos para divagar, ponderar ideas, cotejar recuerdos.

De noche, después de la última actividad del programa, permanecía en el hotel, muy cerca de la barra del primer piso, evaluando sigilosamente con quién iniciar conversación. A veces merodeaba los grupos sin atreverme a abordar a nadie, pero otras terminaba vaciando cervezas y chocando vasos de ginebra con editores y escritores de distintos países, la mayoría envueltos en bufandas y sacones de los que iban liberándose a medida que avanzaba la madrugada.

***

Una tarde, en Lisboa, al regreso de una visita a la casa de Fernando Pessoa —el bien conservado edificio de cuatro pisos número 16 de la Rua Coelho da Rocha—, y al Martinho da Arcada, el restaurante favorito del poeta, donde se sentaba a comer huevos revueltos con queso en una mesa esquinada sobre la cual hoy se aprecia la última fotografía que se tomó en vida, al regreso de ese paseo, en un restaurante con mirador, charlé con la escritora española Alicia Kopf acerca de su primera novela, *Hermano de hielo*, donde habla del autismo de su hermano y de cómo ese trastorno afectó a toda su familia hasta convertirse en una de sus obsesiones. Escuchándola validé mi teoría: uno debe escribir sobre el dolor que siente más próximo. El dolor de los otros también puede ser nuestro. Lo es. Aunque a veces pareciera que no, la literatura convierte lo ajeno en propio y lo propio en universal. No se trata de tomar la vida de los otros para escribir acerca de ellos porque sí, sino de narrar el impacto de esas vidas en la nuestra. No se trata de exponer a los demás gratuitamente, sino de exponerse uno mismo para hacer ver que las experiencias dolorosas que parecen privadas, y que la cultura nos ha enseñado a proscribir de nuestras conversaciones por pudor, son en realidad marcas comunes, esenciales para la construcción de nuestra identidad. El carácter se cuaja en el dolor más que en la felicidad, en lo terrible más que en lo gratificante. El dolor nos hermana, nos reconcilia, nos recuerda mejor que somos de la misma especie. Las victorias generan camaraderías provisionales; las derrotas, en cambio, ponen en marcha alianzas duraderas. Las grandes amistades, como los grandes amores, se hacen fuertes en la desgracia, no en la dicha.

Esa tesis hace surgir un viejo reclamo: ¿hasta dónde tenemos derecho a escribir sobre los demás? Difícil hablar de «derechos» y «límites» en un campo minado como el literario, habitado por seres a veces lamentables, los escritores, que, no obstante lo anterior, actúan como vampiros, caníbales o parásitos, y construyen sus ficciones tomando suministros y nutrientes de biografías ajenas.

Las páginas de este diario no tratan propiamente de Natalia y Julieta, sino de la parte de ellas que me incumbe, la parte que tiene que ver conmigo, que me atraviesa y me constituye. La intersección de conjuntos que formamos los tres contiene las emociones que exploro. Son esas emociones las que me arrastran a escribir. No me refiero a *arrastrar* como sinónimo de sometimiento sino como analogía de subsistencia. No sé los demás, pero yo no «camino» ni «avanzo» decidido hacia el teclado todas las mañanas, sino que me *arrastro* hacia él, y una vez ahí me aferro, me obligo a escribir esperando ser bendecido por cierta luz, esperando adueñarme, aunque sea momentáneamente, de algunas pocas palabras correctas. No es sencillo darle coherencia al desorden interno, a veces puede tomar días, incluso semanas o meses dar con las palabras justas para describir un sentimiento puntual. Lo menciona Flaubert en una carta a George Sand: «No sabe usted lo que es estar todo un día con la cabeza entre las manos tratando de exprimirse la maldita testa para encontrar una palabra».

Pienso ahora en *Intensidad y altura*, el poema donde Vallejo describe con acierto la dificultad de acertar, de transformar los deseos de escritura en escritura nítida. Uno entiende con esos versos que la literatura no se halla en la dificultad para ser escrita, sino que la literatura es precisamente *esa* dificultad.

> Quiero escribir, pero me sale espuma,
> quiero decir muchísimo y me atollo;
> no hay cifra hablada que no sea suma,
> no hay pirámide escrita, sin cogollo.
>
> Quiero escribir, pero me siento puma;
> quiero laurearme, pero me encebollo.
> No hay toz hablada, que no llegue a bruma,
> no hay dios ni hijo de dios, sin desarrollo.
>
> Vámonos, pues, por eso, a comer yerba,
> carne de llanto, fruta de gemido,
> nuestra alma melancólica en conserva.

¡Vámonos! ¡Vámonos! Estoy herido;
Vámonos a beber lo ya bebido,
vámonos, cuervo, a fecundar tu cuerva.

**

Hablo aquí de Natalia y Julieta porque ellas me regalaron la paternidad, que es, sin duda alguna, la experiencia más intensa que he vivido nunca, la que a los cuarentaiún años partió mi existencia en dos, la que me hizo sentir un hombre nuevo, gozoso y, poco después, repentina, inexplicablemente ajeno, como si mi esencia —o lo que yo asumía era mi esencia— se hubiese vaciado en mi interior con los nuevos acontecimientos, como si una sustancia externa la hubiese disuelto, quizá no del todo pero sí lo suficiente para encender la alarma de peligro. Me lo he preguntado una infinidad de veces desde el día que percibí los primeros síntomas de esta mutación pospaternidad: cómo puedo sentirme abrumado por aquello que a la vez me alimenta, cómo puede enfermarme lo que al mismo tiempo me cura, cómo puede hacerme sucumbir el acontecimiento que, según todos los pronósticos, iría a salvarme de la mediocridad. Paternidad y escritura comparten ese instinto caníbal: pueden iluminarte pero para hacerlo necesitan arrancar algo de tu interior, como si el combustible que da origen a su luz estuviera elaborado con la grasa de tus tripas.

En su novela *El mundo*, Juan José Millás, al recordar a su padre probando su bisturí eléctrico sobre un filete de carne en el taller del fondo de su casa, dice comprender que la escritura, al igual que el bisturí, cicatriza las heridas en el mismo instante de abrirlas. Parecida es la revelación de la paternidad: comprendes, de golpe, no quién eres sino quién has dejado de ser. El pasado, de inmediato, se vacía de certezas y a la mano solo quedan anhelos de que venga algo mejor. Varios amigos me decían que para ellos convertirse en padres fue como asomarse al borde de un precipicio. Para mí fue como saltar. Saltar con las manos abiertas y una venda en los ojos.

Durante estos días en Portugal he confirmado cuán ligado estoy a mis procesos, mis manías, mi independencia. Eso no me impidió, desde luego, extrañar a Julieta. Me apenó estar ausente en la celebración de los seis meses que acaba de cumplir. Debido a los oficios a que me dedico —y pretendo seguir dedicándome— es probable que en el futuro me pierda algunos cumpleaños suyos. Si Natalia me oyera decir eso, me devolvería muecas desaprobatorias. Ella antepone la familia a todo, yo en cambio tiendo a ser individualista (o «separatista», como decía ella, medio en broma, medio en serio, en nuestra buena época, al comentar en voz alta algún plan que yo prefería realizar por mi cuenta). Mi madre dice que en eso soy «idéntico» a mi padre: él también posponía a la familia, daba prioridad a sus planes con amigos y así nomás no la dejaba acompañarlo.

Natalia y yo pensamos distinto no solo porque tenemos caracteres diferentes sino porque provenimos de sistemas familiares antagónicos: el suyo es o parece ser un sistema armónico, convencional, gregario; el mío es o parece ser atípico, agitado, caótico. No entiendo por qué ella necesita conversar con sus padres todos los días por teléfono y mantenerlos al tanto de cada una de sus decisiones; evito reprochárselo pero a veces no consigo frenarme y hago comentarios que, no bien acabo de pronunciar, lamento profundamente. ¡Haría tan bien en ahorrarme ciertas palabras!

(Una de las lecciones que obtuve durante la terapia de pareja, sino la única, fue esa: hay palabras, expresiones, frases que no han de decirse; por más que se apiñen en la mente y den vueltas como aguardando su turno, no permitas que salgan de tu boca, son torvas, tóxicas, su genética posee un componente venenoso que puede no solo demoler una conversación sino hasta reducir a escombros algo que parecía a todas luces un vínculo).

Natalia, por su parte, no entiende cómo puedo pasar una semana entera sin siquiera mandarles un mensaje por WhatsApp a mi madre y mis hermanos, y luego hablar con ellos como si tal cosa. Hay decenas de ejemplos parecidos que ilustran nuestras diferencias. Ella es maniática de la limpieza; yo puedo convivir unos días con cierto nivel de mugre. Ella reza cada noche y acude a misa cada domingo; yo me persigno velozmente en cada despegue y murmuro un padrenuestro en cada aterrizaje. Ella compra regalos de Navidad con antelación; yo lo hago a regañadientes pasada la quincena de diciembre, a veces minutos antes de Nochebuena. Ella planifica; yo experimento. Ella es pudorosa; yo, desvergonzado. Ella es recatada; yo, indiscreto. Ella adora las comedias románticas; yo, las cintas de horror. Ella es políglota; yo, monolingüe. Ella fue la alumna con mejores calificaciones de su promoción; yo me mantuve en mi promoción a pesar de mis calificaciones. Ella pertenece a un gremio que salva vidas; yo creo pertenecer a uno que las arruina. Ella es optimista; yo cultivo el fatalismo. Ella prefiere lo dulce en extremo; yo, lo salado. Ella es madrina de varios niños; yo espero mantenerme virgen en el padrinazgo. Ella duerme en una misma posición; yo mantengo con las sábanas una relación pugilística. Sus visitas al baño son expeditivas; las mías, morosas. Su forma de empacar es eficaz; la mía, alborotada. Ella ahorra hasta el último centavo posible; yo, sin ser manirroto, tiendo a gastar, a darme gustos. Ella lleva la contabilidad doméstica en perfectas tablas de Excel; yo a las justas apiño en la billetera unos recibos vencidos que, cuando los vuelvo a encontrar, me hablan de unos gastos que ni recuerdo haber dispuesto.

Todas esas desavenencias cotidianas, que al inicio me hacían pensar románticamente que éramos polos opuestos pero complementarios, ahora se han vuelto problemáticas: al tener una familia en formación nuestros modelos han entrado en disputa. Las estructuras de las cuales provienen nuestros hábitos más enraizados colisionan como placas tectónicas y nosotros, como si fuésemos representantes o portavoces de esas tradiciones heredadas, en las que tanto creemos, y tendemos a afianzar, nos sentamos procurando negociar, pactar, pero no siempre llegamos a acuerdos satisfactorios.

Según Natalia no hay atenuantes para la ausencia física del padre, sobre todo en los primeros meses de vida del hijo. En ese punto mantenemos una disputa semántica. Para mí, una cosa es la ausencia circunstancial, otra el desentendimiento. No es igual ausentarse que faltar. «Faltar» es no estar de modo permanente, como extremidades del cuerpo amputadas: un brazo que falta, una pierna que falta, algo que se tenía, se perdió y no volverá.

Yo a Julieta no quiero faltarle nunca.

«Faltar a alguien», además, suena a perjudicar, insultar, degradar.

¿Mi padre me faltó? No lo tengo claro.

Durante los dieciocho años que vivimos juntos estuvo ahí, no podría decir que cerca como mi madre, pero anduvo vigilante, por temporadas incluso muy pendiente, no de mis problemas, sí de mi formación. No lo recuerdo en todos mis cumpleaños pero tampoco recuerdo todos mis cumpleaños; es posible que se haya ausentado en varios y que no lo advirtiera pues vivíamos acostumbrados a que él anduviera en reuniones, almuerzos, recepciones de los que generalmente regresaba cuando estábamos ya acostados y apenas escuchábamos sus pasos, sus silbidos con melodía de milonga, su respiración de fumador. En ciertas ocasiones, sin embargo, se las ingeniaba para hacerse presente mediante algún tipo de gesto: una carta, un mensaje, un regalo. Lo hacía más con mi hermana, no tanto conmigo. Pero no quiero hablar de mi padre ahora.

***

Tengo amigos de temperamento muy pragmático que educan a sus hijos siguiendo el famoso precepto de Confucio: «Con un poco de hambre y de frío». Dicen lo mismo que decía Sabato —que los padres no deben ser amigos de sus hijos—, solo que el argentino lo argumentaba con brillantez: «La amistad se produce entre iguales, el padre es mucho más y mucho menos que un amigo, no es un igual, tiene otra jerarquía, es alguien superior, alguien más fuerte».

Esos amigos dicen que todo padre debe hacer las veces de malo para compensar el cariño a veces desmesurado de la madre. Tiene cierto sentido: mientras la madre acuna al hijo y le da de lactar atrayéndolo hacia su centro, el padre lo expulsa de esa comodidad para colocarlo en el mundo severa pero afectuosamente. Quienes están convencidos de ese rol involucran sus emociones lo menos posible, como si inconscientemente se prepararan para no sufrir el día en que deban dejar libres a sus hijos.

A menudo sentimos que engendrar hijos nos convierte en sus propietarios. Quizá haya en eso un elemento de índole cultural. No sé si existe una forma *latinoamericana* de criar, pero lo que sí existe es una vocación latinoamericana por la sobreprotección. Mi generación creció rodeada de referentes narrativos (películas, series, telenovelas, historietas, también casos reales, cercanos) donde los hijos, no tanto los primogénitos pero sí los menores, solían ser entidades que dependían del cuidado y aprobación de sus padres en un grado tal que acababan siendo adolescentes parásitos, engreídos, buenos para nada.

A cierta edad, el exceso de amor puede llegar a ser tan nocivo como su ausencia. Un padre consentidor puede ser igual de tóxico que un padre autoritario, distante o rígido. El primero inmoviliza a los hijos con su preocupación constante; el segundo no los deja moverse un milímetro fuera

214

del círculo que traza con sus reglas y prejuicios. Ambos, por muy buenos propósitos formativos que tengan, por muy encomiables y altruistas que sean sus aspiraciones para el futuro de su familia, tarde o temprano ven colisionar su utopía con la realidad, con la época, con la modernidad, con la irremediable necesidad de los hijos de arreglárselas por sí solos.

***

A veces, por tradición, estigma o mera idiosincrasia, se impone la cercanía con la casta, la dependencia del clan, la llamada de la tribu. Esa cooperación sanguínea hace que ciertas familias adquieran un comportamiento parecido al de las mafias, organizaciones que educan a sus miembros en el ejercicio de la confidencia, la obediencia, el respeto estricto a la jerarquía interna, el mantenimiento de las tradiciones, la conservación del patrimonio, la transmisión de una herencia, la ambición de perpetuar un legado. La analogía cobra más sentido si pensamos que toda familia porta un gen autoritario, pues más allá de la buena o mala relación que tengamos con nuestros padres, los hijos, ya lo dije, no elegimos ni las herramientas ni el ritmo con que ellos van cincelando nuestra personalidad y nuestra mirada del mundo.

Como las mafias, hay familias que castigan el disenso y califican de ovejas negras a aquellos integrantes que, por rebeldía o lo que fuera, optan por abrirse camino por su cuenta. Los escritores que hablamos de nuestra familia solemos ser vistos como delatores. Se dice que nuestros libros son innecesarios, que son resultado de pesquisas morbosas, que están plagados de mentiras y condenados a la intrascendencia. Se entiende. Es lo que toda familia que se estima digna tiene que argumentar, esa es su tarea: defender el discurso oficial, mantener la mitología, cautelar el apellido. Las familias desaprueban o excomulgan a aquel que osa develar un secreto doloroso, una falla de origen, una enfermedad repetida, pues dan por sentado que ese acto, el desvelamiento, constituye la peor de las traiciones. Les da lo mismo que se haga en nombre de la literatura. Un escritor es una amenaza para cualquier familia. Una familia tiene que ser un caos muy revuelto para producir un escritor.

***

Durante mi estancia en Portugal he preferido no pensar en mis últimas discusiones con Natalia. Disfruté estar lejos, no lejos de ella sino cerca de mí, en lugares a los que quizá no regrese o a los que, si vuelvo, lo haré siendo otro. Necesito la soledad. Se me hace imperioso estar solo, no un rato, más tiempo, no sabría decir cuánto. ¿Para qué? Para encontrar eso que he perdido y no sé nombrar, pero ante todo para saber qué lugar ocupa Natalia en mi vida. La quiero, pero he dejado de mirarla como antes. Tal vez ella también dejó de mirarme tal como soy en realidad. ¿Me vio en realidad alguna vez? Por entero, quiero decir. Por dentro. ¿Vio mi egoísmo, mi propensión a huir, mi obsesión por la culpa, mi desidia para el compromiso? ¿Le mostré mi parte más oscura o la mantuve soterrada, a buen recaudo, para no defraudarla? ¿Acaso no estaban esos temas ya expuestos en mis libros, mis poemas, mis relatos, mis novelas? Quizá Natalia no me leyó. Ni yo a ella. Quizá no nos leímos del todo, o no bien, o no lo suficiente. O quizá nos leímos con cautela, como suelen hacer los novios para evitar desencantarse. O tal vez nos leímos correctamente y en silencio confiábamos en que cambiaríamos en el futuro. De más está decirlo: ambos fallamos.

En estos días, por primera vez, se ha encendido en mi cabeza la idea de una separación temporal. No es fácil consentirla, menos aún verbalizarla. Separarme de mi esposa y mi hija de apenas seis meses de nacida me colocará en el lugar del canalla frente a nuestras familias. Ahí poco importarán las costumbres de cada una: ambas reprobarán mi actitud por igual. Nadie entenderá que me separo por una cuestión de sobrevivencia, por proteger a esa esposa y a esa hija de seis meses del hombre amargado en que me estoy convirtiendo por esta sucesión de eventos que, por ocurrir casi a la vez, han trastocado mi vida poniendo en duda mi estabilidad. Esposo, exiliado, padre. Demasiados papeles en una sola obra. Un sinfín de películas en una sola función. Otros lo manejarían mejor, con buen talante, sin fatalismo, convencidos de que «la vida es así». Yo no puedo. Esa frase me suena al resignado acatamiento de una orden superior y yo odio las órdenes, tiendo a contravenirlas. Me crio un militar, qué puedo hacer. Odio el mandato. Odio la restricción. Odio que me digan qué hacer, por dónde ir, hasta cuándo permanecer. Logro comprometerme cuando nadie me pide compromiso. Logro ser buena persona cuando nadie me demanda bondad. Incluso logro amar cuando nadie me exige amor.

Si me quedo donde estoy, por más que nadie lo entienda, me convertiré en un ser aún más desagradable, arisco, irascible. No quiero ser eso para Natalia, menos para Julieta. Pero, claro, irme propiciará un terremoto de efectos incalculables, porque incluso aunque me vaya y regrese se habrá abierto en el matrimonio un cráter que tal vez no pueda cerrarse en el futuro, y será horrible vivir así, rodeado de grietas, caminando a diario entre los restos quemantes de una explosión.

Esto me recuerda a *Intimidad*, la novela donde Hanif Kureishi cuenta la historia de Jay, un escritor y guionista de unos cuarenta y pocos años que tiene aparentemente todo lo que un hombre de su edad desearía: una carrera de éxito, una nominación al Oscar, una casa cómoda donde vive con su esposa, una mujer profesional, inteligente, y sus dos amorosos hijos. Su rutina de trabajo es perfecta: su esposa se marcha a la oficina todos los días y él trabaja desde casa. El paraíso dura seis años y cuando abrimos la novela nos enteramos de que Jay ha decidido ponerle fin a esa convivencia. Está a minutos de dejar a su familia y solo lo sabemos los lectores. Recuerdo la desolación que me causó leer el inicio.

«Esta es la noche más triste, porque me marcho y no volveré. Mañana por la mañana, cuando la mujer con la que he convivido durante seis años se haya ido a trabajar en su bicicleta y nuestros hijos estén en el parque jugando con su pelota, meteré unas cuantas cosas en una maleta, saldré discretamente de casa, esperando que nadie me vea, y tomaré el metro para ir al apartamento de Víctor. Allí, durante un periodo indeterminado, dormiré en el suelo de la pequeña habitación situada junto a la cocina que amablemente me ha ofrecido. Cada mañana arrastraré el delgado y estrecho colchón hasta el trastero. Guardaré el edredón impregnado de humedad en una caja. Y recolocaré los almohadones en el sofá».

¿Por qué me impresionó tanto ese libro? ¿Acaso Kureishi estaba poniéndome sobre aviso? Tal vez las páginas que más nos sacuden, fuera de aquellas que nos recuerdan algo que hemos vivido y preferiríamos olvidar, son las que prefiguran o vaticinan una tragedia, que no sabemos que viviremos pero que intuimos, y hacia la que nuestra naturaleza nos encauza, pero cuya ocurrencia no somos capaces de advertir del todo. La literatura tiene algo de profecía y maldición: nos advierte de la ruina que nos acecha, pero no nos dice cómo evitarla. Proyecta la trampa pero no nos salva de caer en ella. Ciertas ficciones nos estremecen por eso: son una premonición del futuro que nos espera, señales estériles en una carretera por la que avanzamos al mando de un auto al que se le han ido vaciando los frenos. Tal vez Kureishi me anunció el drama insostenible que ahora vivo pero no le hice caso. ¡No tenía cómo! Estaba ciego, enamorado, deseaba hacer las cosas bien, rectificar el pasado de mis padres y abuelos, quitarme de encima esa tradición patriarcal llena de dobleces, mentiras, secretos y clandestinidad. Si para liberarme de esos fantasmas había que asumir un compromiso religioso aunque no guardara relación con mis convicciones mundanas, pues lo haría. Y qué mejor que de la mano de Natalia, mi novia, mi guía, mi cómplice. Así lo hice. Con pureza. Con honradez. Lo que no medí, en lo que no pensé, fue en el significado que tenía para Natalia que yo jurara lealtad delante de un altar, que colocara en su mano un aro en señal de unión eterna, que leyera pasajes de la Biblia y recitara frases que para ella son sagradas, inviolables. No lo medí, lo subestimé. Y ahora que estoy considerando por primera vez tomar distancia no puedo sino sentirme un miserable.

***

En una discusión reciente, Natalia dijo sentir que yo le había mentido todo este tiempo, que no era más que un farsante que había jugado con sus sentimientos. Aunque rechacé de plano la imputación, la palabra «farsante» se me quedó grabada. Luego recordé: ¿no era así como me hacía llamar en esos retiros espirituales de colegios femeninos a los que había asistido décadas atrás? Sí, así era, me decían «farsante», y me gustaba, me hacía sentir especial o distinto. ¿Eso era finalmente? ¿Un embustero? ¿Eso era mi vida marital: una farsa?

Hace unos días llegó a mis manos un artículo médico donde un grupo de psicólogos intercambiaba opiniones acerca de un cuadro patológico denominado «el síndrome del impostor», también conocido como «síndrome del fraude». Atraído por el nombre, leí el texto de un tirón. Allí se hablaba de un fenómeno —identificado por las psicólogas Pauline Clance y Suzanne Imes en 1978— cuya sintomatología se expresa, básicamente, en la aparición de unas dudas tormentosas respecto de las propias capacidades. El sujeto afectado sufre una repentina falta de confianza, ve socavada su autoestima, se compara todo el tiempo con los demás, se estresa, se mortifica, acepta con dificultad elogios o cumplidos por muy justificados que estén, teme ser «descubierto» pues está seguro de ser un embaucador y, por lo tanto, alimenta un súbito deseo de desaparecer. Las investigaciones médicas reportan casos de hombres y mujeres que, pese a su alta competencia profesional, desmerecen sus logros, los atribuyen a factores externos, o los adjudican directamente a la suerte. Y como no se sienten cómodos de personificar nuevos roles, cuando estos llegan tienden al bloqueo. Los «impostores» son —¿debería decir *somos*?— individuos exigentes consigo mismos que, al reparar en lo imposible que resulta alcanzar un estado de perfección o felicidad, se boicotean, se fustigan con pensamientos conmiserativos del tipo «si no lo sé todo, no sé nada», «hay miles que pueden hacerlo mejor que yo», o «si tengo miedo a actuar, mejor me escondo». Los estudios concluyen de manera unánime que este síndrome «afecta negativamente la calidad de vida», ya que los «impostores», además de no valorar sus méritos, «pierden oportunidades y se alejan de personas que pueden ayudarles».

No tuve que terminar de leer el artículo para sentir una profunda identificación. Casi todo lo que venía ocurriéndome estaba sintetizado allí.

Desde que di con ese artículo, o desde que el artículo dio conmigo, comencé a sentirme un impostor por partida doble, pues al oficio de escritor —que ya exige una impostura: toda novela no es otra cosa que una treta veraz, un engaño con visos de verdad («el poeta es un fingidor», aseguraba Pessoa)— ahora se sumaba este síndrome cuyos efectos debo procurar abolir antes de que mi crisis pospaternidad destruya todo lo que me rodea.

No me alivió enterarme de que siete de cada diez personas se perciben incompetentes frente al rol o cargo que se les asigna. Igual me parecía una mierda reunir la mayoría de indicios. Me puse peor cuando leí a la psicóloga Alicia Baida, autora del libro *Cómo superar el síndrome del impostor*. Según ella, las dinámicas familiares de la infancia, los estereotipos sexuales o el concepto que uno tiene del éxito y el fracaso figuran entre las posibles causas de estas percepciones. «Y si tienes un padre que ha triunfado, formas parte del grupo más vulnerable», sostiene Baida. Mi caso, concluí tras leer ese apartado, no era similar, era paradigmático.

Ahí estaba la clave de todo. Quizá perdura en mí esa desapacible sensación de fraude desde siempre, desde niño, desde que tomé conciencia de lo que implicaba ser el segundo hijo de la segunda camada, el segundo de tres, el hijo del medio, el «sándwich», el que presentía ser adoptado, el que se veía como chivo expiatorio. Curiosamente, creo que no sería escritor si dentro de mi sistema familiar hubiese ocupado un lugar distinto. Ser el segundo (del segundo elenco) fue, a la larga, una circunstancia tan azarosa como esencial. Marcado por esa posición medular, como un péndulo entre los afectos exaltados que suelen inspirar el hijo mayor y el menor, los hijos del medio solemos pasar desapercibidos. Sin embargo, esa circunstancia que en la infancia se tornó ingrata favorece un desapego que la literatura con el tiempo recompensa. Parafraseando a Fabio Morábito en *El idioma materno*, los hijos del medio carecemos de brillo para todo, menos para el fracaso.

La misma condición familiar que contribuyó a forjar mi vocación literaria probablemente sea la causante de esta reciente anomalía. Y ahora que releo lo que acabo de escribir me asalta la corazonada de haber sido un impostor a lo largo de mi vida, alguien muy ducho en representar papeles que no deseaba necesariamente interpretar, roles que los demás veían conveniente asignarme, o que caían en mis manos y ejecutaba con gusto artificial, y siento miedo, un miedo tardío de haber construido en estos más de cuarenta años una identidad sobre la base de numerosas especulaciones ajenas y poquísimas certidumbres propias.

***

Hace dos meses me llamó desde Lima mi amigo Pedro Acuña, productor de RPP, el canal donde trabajé. Me ofreció regresar por unos meses a la radio y la televisión. Aún no le he contestado, pero creo que aceptaré. Uno de los agravantes de la crisis de estos meses ha sido la inactividad, el cumplir cuarentaidós años y sentirme improductivo. Sin libro nuevo a la vista, dedicado únicamente a las columnas que escribo cuando las labores domésticas me dan un respiro, me vendrá bien aprovechar la propuesta de Pedro. Nada nos une ahora mismo a Madrid. Hace meses Natalia pidió en el hospital una prolongación de su licencia de maternidad para cuidar a Julieta hasta que cumpla un año, de modo que podríamos perfectamente mudarnos un tiempo a Perú. En cuanto a mí, no tengo empleo formal ni licencia de paternidad. Nadie me la otorgó, nadie me la extenderá.

A Natalia, sin embargo, el plan no le convence. Dice que no necesitamos más dinero, que mejor nos quedemos en España. ¡Pero no se trata del dinero! Se trata de que si no hago algo me volveré loco. Por otro lado, en el Perú cada vez hay menos trabajos decentes para los periodistas; que hayan pensado en mí estando en el extranjero y estén decididos a confiarme un programa estelar, me halaga. Si todo sale bien esta corta temporada, el día que retornemos definitivamente a Lima —si así lo hacemos— será más fácil tocar esa misma puerta y aspirar a un trabajo estable.

Cuando le hablo de estas cosas a mi esposa me contesta: «¿Pero acaso no querías ser escritor y vivir lejos?».

Le he dicho a Natalia que durante esos siete meses en Perú podrá estar cerca de sus padres y así nuestra hija recibirá los engreimientos de su familia y de la mía.

Por todos los flancos me parece la decisión correcta.

Lo que no sé es si viviremos juntos.

Puede que este sea el momento más adecuado para plantear una separación y así concentrarme en el trabajo y aprovechar el aislamiento y sacudirme el cerebro hasta que salga de él un poco de claridad.

No sé en qué momento decidí alejarme, pero si soy capaz de escribirlo ahora es porque la decisión ya está en mí, ya invadió mi cabeza, ya ocupó el lugar que nunca debí dejar que ocupe.

No hay marcha atrás.

Será un desastre. Ojalá quede algo bueno.

Hoy, la verdad, se me hace imposible vaticinar qué.

***

DÉCIMO

20 de diciembre, 2018.

Hoy se cumplen nueves meses desde que me marché de casa. Nueve meses también sin escribir en este diario. Es como haber estado dos veces ausente. La escritura es confrontación, ajuste de cuentas, por eso la evitaba. No habría podido lidiar con las verdades incómodas que, con toda seguridad, me habría devuelto la página en blanco. No es que ahora lo sepa, pero ya ha pasado un tiempo y es momento siquiera de intentarlo. Romper el silencio no servirá para amortiguar la crisis que atravieso pero sí para tratar de nombrarla, reconocerla y así, con los límites del lenguaje pero también con los recursos del lenguaje, emanciparme de ella, colonizarla, mitigar el notorio poder que aún ejerce sobre mí.

Han sido nueve meses de autocríticas y recriminaciones por no saber en el fondo si tomé la mejor decisión ese día de febrero en que, con la excusa de aprovechar una buena oferta de trabajo en Lima, llené dos maletas con mis cosas y me separé de mi familia.

Recuerdo que venía pensando en la separación desde días atrás pero no me sentía seguro de decírselo a Natalia. Me daba pavor lo que iría a suceder a continuación. Era un paso triste pero sobre todo era un paso ciego. Podía ser incluso un paso sin retorno. Quizá me convencí de darlo la tarde de invierno en que me enteré de la muerte de Daniel Peredo. Un infarto lo mató en Lima después de jugar un partido de fútbol con amigos. No llegó a la clínica. El hombre que en la última década le había dado emotividad a las narraciones televisivas de los partidos de la selección de fútbol, que se había vuelto famoso, respetado y querido por los hinchas, que todavía tenía voz y aliento para dar, se quedaba de pronto, antes de cumplir cincuenta años, privado de su sueño máximo: narrar la ansiada participación peruana en el Mundial de Rusia. El día de su sepelio, los admiradores de Daniel atiborraron el Estadio Nacional para acompañar su ataúd. Nunca la partida de un periodista había provocado algo semejante.

Esa tarde estaba bebiendo una cerveza en una mesa de la terraza del Círculo de Bellas Artes de Madrid. Un amigo, Raúl, me dio la noticia por WhatsApp. Apenas logré digerirla. No sé si fue porque conocía a Daniel o simplemente por lo intempestivo de su fallecimiento, lo cierto es que sentí una opresión en el pecho y pasé varios minutos contemplando los faros de los autos y el movimiento continuo de los transeúntes que pululaban a lo largo de la calle de Alcalá sin aminorar la marcha. De cuando en cuando despedía vaho por la boca producto del frío y rumiaba definiciones acerca del acertijo que es la existencia. La muerte de Daniel parecía una evidencia irrefutable de que la vida es un soplo, un instante que pasa pronto, una fiesta breve que termina o puede terminar cuando uno recién ha empezado a tomarle el pulso.

Volví a experimentar lo mismo meses más tarde, a mediados de junio, en pleno Mundial de Fútbol, cuando yo ya era un hombre a todas luces separado, acostumbrado a ver a Julieta un par de horas al día, y casi convencido junto a Natalia de encaminar los papeles del divorcio. Una tarde, en Moscú, al momento de ingresar al hotel donde me hospedaba, alguien me comentó que Julio Hevia, querido profesor de la universidad, padrino de mi promoción al graduarme de la facultad, amigo con el que tantas veces coincidí para hablar de los veinte temas que nos obsesionaban, y un genio capaz de encontrarle valor semántico a las palabras más desprestigiadas del idioma, él, se hallaba en coma inducido a raíz de un accidente cerebrovascular. Acababa de cumplir sesentaicinco años. Moriría veinte días después.

Con la desaparición de Julio regresó otra vez aquella idea de que la vida es penosamente corta para desperdiciarla en angustias. Lo que me tocaba, sentí, era ser valiente, mirar hacia adelante y reconocer que, salvo la pequeña Julieta, eran cada vez menos las cosas que me unían a mi mujer.

Le expliqué a Natalia que pasar un tiempo alejados podía resultar saludable o esclarecedor. Le conté de casos reportados en los que parejas habían salvado su matrimonio precisamente porque se dieron un tiempo para poner en orden el panorama. No lo encajó bien. Cómo podría: ella soñaba con vivir su maternidad a mi lado, contaba conmigo para criar a nuestra hija, para lidiar con las dudas y yerros esperables en toda pareja de padres primerizos, para encontrar soporte emocional cuando el cansancio la hiciera flaquear, y de repente su marido, es decir yo, el hombre que hacía poco le había prometido no dejarla jamás, le rompía el corazón diciéndole que se mudaría a otro lugar. Su reacción, más allá de la ira y los razonables insultos, fue advertirme que para ella la separación era una antesala del divorcio. Era la primera vez que uno de los dos mencionaba esa palabra amenazadora. Es posible que antes pasara de manera fugaz por nuestra mente, pero nunca la habíamos pronunciado, nunca había existido como sonido ni significado. Le dije a Natalia que no había que ser extremistas, que ya habría un momento para hablar de eso, y traté por todos los medios de que entendiera mi punto: forzar la convivencia en el estado en que nos encontrábamos, o en que yo me encontraba, sería contraproducente. Le pedí que tuviera paciencia asegurándole que en un par de meses, como mucho, recuperaría los sentimientos extraviados.

Pero no solo no los recuperé, sino que fui alejándome más y más, como se retira el mar de la orilla en la playa por las tardes, aunque en el caso del mar su repliegue es solo parte de un ciclo, un efecto de la rotación terrestre sobre la marea, nadie duda de que al día siguiente las aguas regresarán a su nivel. En mi caso, esa certeza no existía.

Viajé a Lima a inicios de marzo y me hospedé en un departamento rentado, a unos pasos del bello parque El Olivar de San Isidro, muy cerca de mi nuevo trabajo y a pocas cuadras de la casa de mis suegros, donde quince días después Natalia y Julieta se instalaron al llegar de Madrid y donde permanecerían durante su estadía en Perú.

El apartamento de El Olivar era en realidad uno de los cuatro búngalos que coronaban una casona de tres pisos. Estaban decorados con simpleza pero sobriedad. Una mañana, el dueño, Boris, un hombre gentil, de apellido alemán, a la par que me ayudaba a solucionar no recuerdo bien qué desperfecto eléctrico, me contó que tras la muerte de su madre, quien vivió en esa casa hasta el último de sus días, él y sus hermanos acondicionaron la vivienda para dar alojamiento a visitantes que anduvieran de paso por la ciudad. Fue una gran decisión y, a la larga, un buen negocio. Gracias a eso Boris había podido jubilarse antes de los sesenta años y ahora la renta de los alquileres le alcanzaba para vivir con cierta holgura, financiar la universidad particular donde estudiaban sus dos hijas y pagarse un abono en Acho para la temporada de toros. Al oírlo pensé en mi madre, o más bien en la casa de mi madre, la casa donde crecí, llena de habitaciones desocupadas y espacios aprovechables como áreas comunes. Quizá, pensé, a ella le convendría arrendarlas como una forma de ganar dinero y estar acompañada de gente hasta que por fin aparezca el bendito comprador que esperamos todos. Aunque mi madre garantiza que sí, creo que se resiste a venderla, y tengo la sospecha de que solo cuando nosotros vamos a visitarla se apura en colocar en la fachada el letrero que anuncia «Se vende», para proceder a descolgarlo no bien nos retiramos.

Las pocas veces que me cruzaba con Boris me daba la impresión de que se trataba de un señor saludable, pacífico, que no pasaba mayores apuros. Por eso me resultó chocante enterarme un día de que, debido a un avanzado cuadro de estrés, había sufrido la parálisis de la mitad del rostro, lo que le impedía moverse y hablar con normalidad. Sentí una inmediata ansiedad, pues por esos días, a diferencia suya, yo vivía sometido al ritmo intenso del trabajo, dormía cinco horas en promedio, me alimentaba en restaurantes de comida rápida y, si algo sobraba en la esfera de mi vida personal, eran precisamente preocupaciones y estrés.

De lunes a viernes, las tardes y noches las repartía entre el noticiero vespertino de la radio y el programa de entrevistas para la televisión. Para no pensar en mi separación con Natalia ni en las consecuencias que eso venía ocasionando en ambas familias puse toda mi concentración en las noticias. La accidentada coyuntura de esos días ayudaba a distraerme: el presidente Pedro Pablo Kuczynski estaba en la cuerda floja luego de que un canal televisivo revelara un caso de corrupción internacional que lo involucraba seriamente y, al cabo de unos días, en un muy sintonizado mensaje a la nación, comunicó al país su irreversible decisión de renunciar al mandato.

El 2018 ha sido un año sísmico para el Perú. Mientras estuve allí hubo días en que sentía que esa profunda conmoción nacional, esa atmósfera de desazón y enigma, era el único telón de fondo posible para mi desequilibrio, y me parecía que podían trazarse con naturalidad varias metáforas simultáneas entre ese país jodido, desvelado, que no parecía vislumbrar el infierno que le tocaría vivir en el futuro inmediato si no enmendaba su rumbo, y ese hombre de mediana edad que no tomaba decisiones firmes, que vivía atormentado por pensamientos fatalistas a los que inexplicablemente recurría una y otra vez como si ellos le brindaran algún tipo distorsionado de cobijo.

Por las mañanas, si no me sentaba a coordinar la agenda de temas con los productores de la radio y la tele, me dedicaba a resolver asuntos personales: ponerme al día en el pago de las cuentas, resucitar proyectos editoriales, responder decenas de correos electrónicos pendientes que se multiplicaban en mi bandeja de entrada junto con la cada vez más ingente basura publicitaria de bancos, hoteles, medicamentos, agencias de viaje.

Era también por las mañanas en que visitaba a Julieta. Me quedaba con ella una o dos horas que apenas alcanzaban para jugar un poco con sus muñecos y llevarla en coche por el centro de San Isidro. Era un tiempo ínfimo pero era el único que podía dedicarle en medio del zafarrancho generado tras la separación. Cada vez que la llevaba de paseo buscaba mantener ciertos rituales —pasear alrededor del mismo parque, hacer un alto en el mismo café, ordenar el mismo pedido, recorrer las mismas calles contándole las mismas historias acerca del origen de sus nombres—, algo que pudiera crear entre nosotros un código o lazo singular, algo que remarcara mi presencia en su vida y disminuyera los efectos de mi alejamiento; sin embargo, cada vez que me despedía de Julieta y cerraba la puerta de casa de mis suegros lo hacía con una constante sensación de misión no cumplida. Julieta me sonreía, celebraba lo estúpido de mis gesticulaciones, reaccionaba ante mis muestras de amor y hasta parecía entenderme cuando le hacía un resumen de mi jornada del día previo, pero a veces se ponía muy seria, fruncía el ceño y lloraba sin parar, y entonces la gente de nuestro alrededor volteaba, y me sentía inevitablemente amonestado por esos chillidos, que seguramente eran de aburrimiento o hambre, pero que yo claramente asociaba con una temprana decepción de su parte.

No le faltaba razón a Natalia cuando, en medio de alguna discusión presencial o virtual, me aclaraba que esas visitas «de médico» a Julieta no podían considerarse un tipo válido de crianza. Me dolía pero era cierto: estaba viviendo mi paternidad a cuentagotas. De la asistencia cotidiana de mi hija se ocupaban Natalia y sus padres, mis suegros, quienes obviamente desaprobaban mi distanciamiento, aunque nunca recurrieron a formas irrespetuosas para hacérmelo saber; el trato que me dispensaron fue siempre civilizado, incluso diría benevolente, con más cordialidad de la que probablemente merecía. Yo iba a ver a Julieta, le llevaba regalos, costeaba los gastos que su cuidado demandaba, pero ya no hacía el trabajo pesado de antes: desvelarme con sus llantos a las tres y cinco de la madrugada, embarrarme con sus pañales pesados, empaparme la ropa con sus chapoteos a la hora del baño, lavar y hervir sus biberones, ocuparme de lo que fuera a comer o vestir, inducirla al sueño cuando la noche avanzaba y ella no daba signos de querer dormirse pronto.

Tal vez para Natalia, para varios de sus amigos y familiares, incluso para los míos, yo era (o soy) un tipo inmaduro que, asustado por el compromiso del matrimonio y las responsabilidades de la paternidad, e incapaz de asumir el desafío de esa nueva etapa, eligió cobardemente abandonar a su familia, quitarse el anillo matrimonial y retomar las andanzas de su vieja, displicente, vida de soltero.

Puedo aceptar que se me diagnostique inmadurez y hasta tolero que se me achaque cobardía, pero no que se insinúe que llevo una vida sosegada, menos aún que salgo a divertirme sin cargo de conciencia. Sí, recobré cierta independencia, pero nunca estuve tranquilo. Nunca. No hay tranquilidad definitiva cuando tu hija crece lejos de ti, cuando te enteras de que duerme peor desde que te marchaste, despertándose ya no dos sino cuatro o cinco veces por noche; o cuando no participas de esos momentos en apariencia triviales en que los bebés disimuladamente pasan a convertirse en niños. No hay tranquilidad cuando eres tú quien ha provocado todas esas irregularidades, y menos cuando no sabes qué hacer para corregirlas sin seguir causando estropicios. Sé que para Natalia la situación es doblemente dura pues se vio forzada a una separación impuesta, eso es indiscutible, solo quiero dejar en claro que de mi lado el día a día es todo menos un remanso. Mis salidas son esporádicas y evito a los amigos para ahorrarme la mayor cantidad posible de sermones y consejos no solicitados. Para qué sincerarme con ellos, si nada de lo que puedan decir calará en mi conciencia. Más que de soltero hago vida de misántropo, y todas las noches me voy a la cama sin verdadera paz, con la cabeza llena de preguntas inconvenientes o comprometedoras que se oyen como una letanía interminable, arropado por un fastidio general que a la mañana siguiente permanece todavía allí, como un perro enfermo que se acuesta a los pies de su amo sin pedir permiso.

Aunque alguien afirme lo contrario, tampoco creo haber escatimado esfuerzos en tratar de difuminar los nubarrones que esta temporada trajo consigo. Primero retomamos la terapia con Gloria en ese centro de Barranco que tenía nombre de sanatorio elegante —Instituto de Neurociencias o algo por el estilo—, pero deserté al cabo de unas cuantas sesiones porque la frecuencia de mis viajes atentaba contra la continuidad del tratamiento, pero también porque a Gloria le costaba conducirnos a algún norte fijo y su técnica no mejoraba nuestra comunicación, tan accidentada a esas alturas, tan desatendida, tan reducida a un magro reporte de actividades e incidencias. A veces se me ocurría pensar que acaso Gloria también pasaba por una crisis matrimonial, que a lo mejor era una terapista que necesitaba recibir terapia antes que darla, y que tal vez nosotros ni siquiera debíamos estar allí, perdiendo tiempo y dinero, recibiendo consejos de alguien muy voluntariosa, pero a quien no le interesábamos de verdad. Éramos sus pacientes, no sus amigos. Visto fríamente, nuestra miseria era su material de trabajo, así que ella debía hacer lo posible por no erradicarla del todo. Ciertos terapistas te tratan como si tu estado de ánimo les importara en serio, pero no les importa. Al final del día, es uno el que tiene problemas para conciliar el sueño, no ellos. Lo dice de modo inigualable Toni Collette haciendo el papel de terapista de familia al final del primer episodio de *Wanderlust*. En medio de una acalorada discusión con su marido acerca de la deteriorada vida sexual que llevan y de las infidelidades que ambos han cometido y acaban de confesar, después de que él le advierte que en otros matrimonios la línea que han traspuesto marcaría una ruptura tajante, ella, Joy, es decir Toni Collete, se aleona, abre la boca y, profiriendo un grito feroz, reconoce: «¡Me importan una mierda los demás!». ¿No pensaría lo mismo Gloria?

En los días que siguieron Natalia comenzó a visitar a una psicóloga y yo volví a sentarme con mis desarmados rompecabezas de miles de piezas frente a Elías, mi psicoanalista de tantos años. Sin embargo, después de algunos encuentros nada cambió lo suficiente como para sentir que experimentaba una leve mejoría.

Una de las mañanas en que fui a recoger a Julieta para llevarla al parque, Natalia, acicateada por los chismes maledicentes tan típicos en una ciudad como Lima, quiso saber si en los meses que llevábamos alejados yo había tenido «algo» con otra mujer. En otra ocasión, movilizada por infundadas especulaciones de amigas o conocidas suyas, me preguntó si era gay o bisexual. No me molestaron esas indagaciones, en su lugar habría actuado igual. Hoy entiendo mejor su desconcierto, su exasperación ante la sequía de respuestas, su intento por encontrarle una explicación coherente a mi brusca inestabilidad. Si no hubiésemos estado casados ni concebido una hija, hacía rato que Natalia, cualquier mujer en realidad, me hubiera mandado literalmente al carajo a causa de mi crisis; el detalle es que teníamos un vínculo, es decir lo tenemos, siempre lo vamos a tener más allá de cómo continúe lo nuestro, así que no era, ni es, ni será tan sencillo desembarazarse de mí.

—Creo saber qué es lo que tienes —me sorprendió esa mañana. Yo hacía trucos con unos bloques de madera para distraer a Julieta, que echada en el corral de piso espumoso construido por mi suegro al que llamábamos «gimnasio» seguía con atención el ruido de nuestra conversación.

—¿Qué?

—Estás deprimido.

—¿Por qué lo dices?

—Estoy segura, tienes los síntomas. Deberías ver a un psiquiatra.

—Ya voy donde un psicoanalista, ¿no te parece bastante?

—No es lo mismo. Además, Elías no te está ayudando, al revés, te está enredando.

—No conozco a ningún psiquiatra.

—Una amiga me recomendó uno.

—¿Cómo se llama?

—Se apellida Hernández, atiende en Pueblo Libre.

—Uf, lejos.

—¿Y qué tiene? ¿Quieres recuperarte o no? Si no lo haces por ti, al menos hazlo por nosotras, tu *crisis* lamentablemente nos involucra, nos arrastra. Me siento una tonta por ser yo quien tiene que llevarte de la mano a buscar soluciones.

—Está bien, está bien. Dame su teléfono.

Quería recuperarme y que Natalia se sintiera partícipe de mi recuperación, si esta aún era posible. Una semana más tarde me presenté en el centro de salud donde atendía el doctor Hernández, Esteban Hernández, hombre ancho, bajo, canoso, que, sentado en una silla giratoria detrás de su escritorio, dándole la espalda a una ventana de marco azul, sin cortinas, abierta de par en par, escuchaba sin pestañear el inventario de mis dilemas sin dejar de apretar maniáticamente el botón del dispositivo que activaba la alarma de su carro estacionado afuera, en la calle. El ruido —parecido al ulular de una ambulancia— me distraía, me impedía articular oraciones, aunque ahora que lo pienso quizá fuera una depurada estrategia del doctor para arrancarme del mundo de mis delirios y meterme de lleno en esa realidad donde las separaciones maritales son tan comunes como el robo de autos.

Admito que había algo certero en la técnica con que el doctor Hernández trabajaba. A diferencia de Elías, que como buen analista lacaniano tendía a permanecer en agobiantes trances silenciosos que me obligaban a hablar y soltar ideas libres —el famoso «material inconsciente»— que luego él se ocupaba de asociar hasta darles sentido, Hernández me sometió desde el primer encuentro a un interrogatorio sin desmayo que tenía por finalidad, o eso me pareció, poner en duda cada una de mis respuestas o la forma en que las presentaba.

—¿Por qué ha venido?

—Creo que estoy deprimido.

—¿Cree o está?

—No lo sé. Vengo precisamente a averiguarlo.

—¿Por qué estaría deprimido?

—Tengo una esposa y una hija maravillosas, pero no me siento feliz.

—¿No es feliz o no se siente feliz?

—O sea, soy feliz, pero no me siento feliz. Es difícil de explicar.

—Explíquelo como pueda.

—Bueno, me he separado hace ya unos meses.

—¿Con qué propósito?

—Pensar, entender qué papel quiero cumplir en la vida de mi esposa.

—¿Qué papel *quiere* cumplir o qué papel cumple?

—Eso. Qué papel cumplo.

—Es el esposo, ¿verdad?

—Sí.

—Ese es su papel. Fin del misterio.

—Si fuera así de simple, no me sentiría tan mal.

—¿Qué lo hace sentirse mal?

—Desde que me convertí en padre me siento aturdido, extraviado, como si ya no fuera yo.

—Eso también es normal.

—A veces pienso que estoy hecho para ser papá, pero no para ser esposo.

—No lo piense, asunto arreglado.

—¿No será que no está en mí serlo?

—¿Qué quiere decir con eso de «no será que...»?

—Es una expresión.

—Más parece una sugestión verbal.

—Solo estoy explorando la posibilidad de...

—«Explorando la posibilidad de...»

—¿Tampoco le gusta esa expresión?

—No se trata de que me guste o no, sino de que su forma de hablar lo mantiene en estado de hipnosis.

—¿Hipnosis?

—Decir «no será que...» o «explorando la posibilidad de...» es quedarse en estado de hipnosis. Las cosas son o no son. Existen o no existen. Se hacen o se dejan de hacer. Las especulaciones son una trampa de la conciencia. Aléjese de esas trampas. A usted no solo le gusta caer en ellas, sino que se divierte fabricándolas.

—¿Le parece que estoy divirtiéndome ahora mismo?

—Me parece que se regodea en un supuesto sufrimiento.

—¿Supuesto?

—En realidad, usted sufre porque no está sufriendo.

—¿Está insinuando que me saboteo, doctor? ¿Que actúo así a propósito?

—Estoy diciendo que produce condiciones para no ser feliz.

—¿Y por qué lo hago?

—Dígamelo usted.

—Porque... ¿me da miedo la felicidad?

—¿Qué le da miedo de la felicidad?

—No sé, la inmovilidad, la pasividad que llega a producir.

—¿Y cómo sabe usted que va a producirle eso? ¿Puede predecir el futuro acaso?

—Es lo que suele pasar...

—Ah, «es lo que suele pasar...». ¿A quién le suele pasar, ah?

—A las personas, todo el tiempo. Una vez que alcanzan cierto grado de felicidad o comodidad o estatus, sus vidas se vuelven mecánicas, ordinarias.

—Y a usted no le gusta ser ordinario.

—Me gusta creer que no soy ordinario.

—«Le gusta creer…».

—¿Qué problema hay con eso?

—Cree o no cree.

—Creo que no soy ordinario.

—Bien.

—Pero me espanta volverme ordinario.

—¿«Volverse»? Está usted demasiado preocupado por el futuro.

—Yo diría que por el pasado.

—Yo diría que por el pasado y también por el futuro. No vive el presente.

—Sí lo vivo, lo que pasa es que creo…

—«Lo que pasa es que creo…». Otra vez, términos gaseosos.

—A ver, trataré de ser más claro. Me gusta vivir el presente, pero temo fallar.

—¡Pero usted teme fallar antes de intentar!

—Sí, quizá.

—No, quizá no. ¡Sí!

—No quiero hacer infeliz a la gente que amo, doctor. Eso es.

—Déjeme decirle una cosa…

—Dígame.

—No se preocupe tanto por la felicidad de los demás. La felicidad de los demás es asunto de los demás. Es egocéntrico pensar que la felicidad ajena depende de uno. Preocúpese por su propia felicidad.

—Eso suena egoísta.

—¿Preocuparse por la propia felicidad es egoísta?

—He dicho que suena egoísta…

—Entonces preocúpese por la felicidad de los demás, no por la suya.

—Pero puedo hacer ambas cosas con una cuota de sacrificio. De eso se trata el amor, ¿no?

—¿Usted cree que el amor tiene que ver con el sacrificio?

—No sé, a veces…

—El amor y el sacrificio son cosas muy distintas, querido amigo. A menudo se confunden, eso es lo que trae complicaciones. ¿Qué diría usted que es el amor?

—El amor. No sé. Tal vez es un lujo que no siempre podemos permitirnos.

—Es una buena frase…

—No es mía. La vi en el cintillo de un libro.

—Dije que es buena, no cierta.

—No tengo idea de cómo definir el amor, doctor.

—El amor es solo ponerse en el lugar del otro. Nada más.

—Eso es lo que estoy buscando precisamente, doctor: un lugar dónde colocarme.

—¿Sabe qué? A usted lo han educado para ser un niño-bien, para no portarse mal, para no dejar el camino correcto, por eso apenas se sale de ese camino inmediatamente se angustia, se flagela, se culpa.

—Me culpo porque reconozco mis equivocaciones…

—O porque encuentra consuelo y hasta placer en maltratarse.

—O sea… ¿soy un caso perdido?

—¿Lo ve? Otra vez flagelándose.

—Lo único que quiero es superar esta depresión.

—Usted no tiene depresión clínica, por si acaso. En el peor de los casos hablamos de una depresión emocional, reactiva. Puedo recetarle fármacos, si quiere. Le ayudarán a mantenerse con energía.

—No. No quiero pastillas.

—Le sugiero seguir una terapia para descubrir qué se esconde detrás de esa voluntad inconsciente que lo lleva a generar situaciones que lo perjudican.

«Situaciones que lo perjudican». El doctor parecía saber de lo que hablaba. Oyéndolo pensé en diseñar tarjetas de presentación con esa misma descripción y entregarlas en reuniones sociales, sonrisa de por medio, diciendo algo así como «hola, soy especialista en generar situaciones perjudiciales. Llámeme cuando no me necesite».

Mantuve la terapia con Esteban Hernández casi tres meses. En general, diría que sirvió: varias de nuestras conversaciones me llevaron a meditar acerca de mi comportamiento en coyunturas accidentadas del pasado, a rodear la crisis mirándola desde fuera como si le ocurriera a otro («deje de ponerse en el centro de su propia desgracia»), a digerir la culpa sin por eso dejar de reconocerme culpable. Cuando hablamos del «síndrome del impostor», fiel a su manera acerada de decir las cosas, Hernández me advirtió: «La única forma de dejar de ser un impostor es dejando de pensar como uno». En un arrebato estúpido le dije: «No puedo, soy escritor». Su respuesta no pudo ser más rotunda: «Sea escritor cuando escribe, no cuando esté viviendo».

Cada miércoles y viernes, después del psiquiatra, iba a trabajar más distendido o liviano. Con el paso de los días ese ánimo algo revitalizado comenzó a dar frutos, no tanto en lo familiar, donde hubiese sido ideal subsanar heridas y dejar de meter la pata hasta el fondo, pero sí en lo laboral. El noticiero de la radio dobló su sintonía y en la tele el show nocturno donde entrevistaba a políticos y artistas se convirtió, en el peleado horario de las nueve, en uno de los favoritos del público. «Pero qué bien te está yendo», «te felicito por tus programas», «este es tu mejor momento», «gran año, compadre», son frases que a lo largo de estos meses he oído en la calle o en reuniones de diversa índole por parte de gente cariñosa que no sabe cómo vivo por dentro. Detrás de la mayoría de personas a quienes mecánicamente catalogamos de «exitosas» o «triunfadoras» se agazapan crisis cuyas profundidades no podemos siquiera imaginar.

Aparte de refugiarme en el trabajo o en la inercia del trabajo, hice varios viajes que sirvieron para mantenerme ocupado y no darle un milímetro de espacio a la conciencia ni a la duda. Cada vez que regresaba a Lima me alojaba en el mismo búngalo rentado de San Isidro, al que acabé tomándole cariño pues en todo este tiempo fue lo más parecido que tuve a una casa. No era una casa real, era más bien la ilusión de una casa. Era una trinchera, un bastión. Mi casa real ya no estaba disponible, la había perdido, había decidido deliberadamente marcharme de ella desprendiéndome de todo lo que se encontraba dentro, empezando por Natalia y Julieta. Una casa no es una dirección ni un código postal, sino un lugar donde alguien o algo espera por ti. Eso era lo que no tenía, lo que había dejado, y llega un punto en toda crisis, o al menos en esta, en que lo único que quieres es abrir la puerta de una habitación, dejarte caer en la cama y taparte la cabeza con una almohada con la absoluta certeza de que esa habitación, esa cama, esa almohada y esa cabeza te pertenecen, son tuyas, nadie vendrá a reclamar por ellas.

Durante estos nueve meses me he acostumbrado a estar lejos, de viaje, a comunicarme con Julieta a través del FaceTime, igual que con Natalia, que a veces me contestaba y otras veces no, y cuando lo hacía siempre terminaba pidiéndome que le explique lo inexplicable: por qué me fui, por qué me aparté, por qué las dejé, y entonces yo le daba mis razones, que en sus oídos sonaban a excusas inverosímiles, a argumentos jalados de los pelos, y nos trenzábamos en discusiones en las que yo me esforzaba por callarme y asentir porque sabía que eso me tocaba, y ella, con cólera, me recordaba mi decepcionante conducta de esposo, mi sentido común de adolescente, y me acusaba incansablemente de lo que para ella era un «abandono» inobjetable, y yo sentía que aquella dinámica era insufrible, que ni ella podría vivir aguantando el dolor de vociferar esa palabra, ni yo el dolor de seguir encajándola.

Sospecho que eso, el sentirse atrapada en una espiral de indecisión a la que yo no parecía querer poner término, llevó a Natalia a ser más drástica. Las reglas, de pronto, se hicieron rígidas. Si yo había decidido separarme, pues ella fijaría los términos de esa separación. El primer paso fue notificarme que ya no tendríamos comunicación de ningún tipo y que en adelante, para todo lo relacionado con Julieta, coordinaría con sus padres. Desechada la terapia, la próxima vez que nos fuésemos a ver sería para iniciar formalmente los trámites de divorcio. Ella decía querer rehacerse en lo afectivo, ser madre otra vez, restablecer su equilibrio junto a un hombre seguro, cariñoso, maduro. Me ceñí a sus condiciones básicamente porque no estaba en capacidad de persuadirla de lo contrario. Además, pese a que había encontrado cierta luz al final del túnel en la terapia con el doctor Hernández, lo cierto es que seguía en el puto túnel, en esa atosigante oscuridad que no retrocedía, que se expandía parsimoniosamente a mi alrededor, a nuestro alrededor, como una mancha de tinta recién vertida.

Si en los primeros meses de la crisis me había suscrito a una página de astrología para ver si los consejos allí expuestos despejaban la penumbra viscosa que ya empezaba a rodearme, lo que hice después —en esos días en que mi trato con Natalia se limitaba a determinar a qué notaría acudiríamos y en qué horario— fue de una radicalidad esotérica a la que jamás pensé llegar. Visité a una vidente. Bueno, en realidad fueron dos. Está bien, fueron tres. Tres videntes muy recomendadas, de esas que, dado su supuesto grado de eficacia, son convocadas mensualmente por la policía para colaborar en la resolución de crímenes, y que en secreto asesoran a presidentes, ministros de Estado y famosos de la televisión ayudándolos a combatir la envidia, a rebatir la mala suerte o, como dicen ellas, la «maldad».

Sus predicciones en cuanto a mi porvenir sentimental, sin embargo, resultaron contradictorias. La primera vidente, más joven y tecnológica pero también más impetuosa en su lectura de la carta astral, aseguró que me divorciaría de Natalia y no traería más hijos al mundo. La segunda, menos computarizada, más dada a la consulta de barajas y al consumo de hierbas y bebidas, afirmó que habría reconciliación. La última, la más intuitiva, se concentró en auscultar puntillosamente las palmas de mis manos;

debió haber visto algo neblinoso pues no tuvo premonición alguna sobre mi relación marital, a cambio prefirió irse por las ramas y acabó augurándome larga vida: «Vas a enterrar a toditos esos que ahora hablan mal de ti», sentenció.

Para dar trámite al divorcio por vía notarial y no judicial acudimos previamente a un centro de conciliación. Recuerdo el afiche de la institución colgado en la vitrina del recibidor: «Especialistas en pagos de deudas, desalojos, indemnizaciones, incumplimiento de contratos, partición de herencias, problemas vecinales, casos de divorcio rápido». El centro tiene un nombre en latín, Pax in Orbis, que me pareció que incurría en flagrante publicidad engañosa, pues los conciliadores viven a costa del conflicto ajeno. Se publicitan como promotores de la armonía, pero si en el mundo reinara la felicidad se quedarían sin empleo. Que la gente se entienda es lo que menos les conviene. La foto del afiche, por otro lado, resultaba completamente descabellada: un hombre y una mujer sonreían frente a un ejecutivo de la entidad. ¿Quién puede entrar o salir contento de un lugar como ese? Si las parejas acuden a él es porque ya no pueden más, porque están agotadas, tristísimas, deprimidas y solo han logrado ponerse de acuerdo en una cosa: romper su relación.

La mañana que acudimos, una mujer nos recibió en una oficina y nos pidió leer con atención el documento que había preparado para nosotros. Cada uno recibió una copia. Si teníamos alguna objeción con el texto, ese era el momento de sugerir cambios antes de firmar. De pronto en la habitación se hizo un silencio rígido, de velorio, apenas alterado por el ruido del antiguo sistema de ventilación. Mi primera lectura del acta fue un momento clave en toda esta historia. Mientras recorría con los ojos cada párrafo fui percibiendo cómo, bajo la frialdad del lenguaje técnico empleado, iba resumiéndose la crónica de nuestro fracaso matrimonial, o de mi fracaso como esposo y tal vez hasta de mi fracaso como padre. Expresiones burocráticas como «patria potestad», «tenencia y custodia» o «régimen de visitas» se me hicieron de pronto insoportables. Cuánta frustración podía caber en ellas. Y cuando más adelante leí que solo podría recoger a Julieta dos veces por semana del «hogar materno» en horarios restringidos, y que nada más compartiría con ella los sábados, no los domingos, y que para viajar juntos durante las futuras Semanas Santas, vacaciones, Navidades y Años Nuevos debía esperar a que cumpliera cinco años, cuando leí todo eso, me pregunté por dentro cómo era posible que la crisis, mi crisis, nos hubiera llevado hasta ese punto en tan corto tiempo. Hacía solo dos años Natalia y yo estábamos firmando otra acta, la de nuestro matrimonio, y apenas diez meses atrás habíamos firmado el acta de nacimiento de nuestra hija. ¿Tan débiles habían sido mis convicciones para estar ahora a un palmo de capitular, de tirar todo por la borda?

Natalia no se percató, pero, en el lugar de mi firma, dibujé cualquier garabato. La mujer dijo que en las próximas semanas nos enviaría una copia por correo electrónico, dicho lo cual nos despedimos y cada uno se fue en un sentido distinto.

***

Durante las semanas siguientes me encerré en el departamento. A riesgo de caer antipático, dejé de contestar varias llamadas. Me mostraba reacio al contacto con la gente. El tiempo que antes dilapidaba en redes sociales e insípidas conversaciones telefónicas ahora lo invertía en ver series y películas en la computadora. Si salía de mi guarida era solo para trabajar o adquirir provisiones en el supermercado. Para el programa en televisión, en cambio, desarrollé la habilidad de mantener en pantalla una conducta afable y despreocupada, a veces incluso me permitía ciertas bromas con los entrevistados, pero ni bien terminaba el show,

245

porque eso es lo que era en el fondo, volvía a mi estado *normal* y me guarecía en algún bar no muy congestionado, no para emborracharme sino para estar allí, inmerso en mi soledad. Me deprimía pensar en lo que estaba por venir y, sin embargo, pasaba horas sumido imaginariamente en los posibles escenarios que me aguardaban. Mi única resolución era vivir donde estuviera Julieta. Fuera de eso, no tenía seguridad de nada.

***

Ahora estamos de vuelta en Madrid.

Natalia y Julieta siguen viviendo en el piso que antes era «nuestra casa». Allí voy todos los días, y todos los días me encuentro con mis pertenencias: ropa, libros, cuadros, objetos de baño que dejé al marcharme y que ahora parecen ser las pertenencias de un hombre desaparecido.

Nuestra hija es una niña que muestra total devoción por su madre y que, en este año de intermitencias en el que tantas veces me he sentido un fantasma, sabe darme consistencia, devolverme materialidad y sentido con solo llamarme «papá». Natalia ha hecho un gran trabajo sola. Sacó fuerzas de donde no había, sacó voluntad de donde no quedaba, para procurarle a Julieta un ambiente alegre y saludable. La admiro más por eso.

Escribo esta última anotación en un piso alquilado del barrio de Chueca. Es el tercer departamento sucesivo que alquilo en Madrid. En los bolsillos, mis manos palpan los manojos de llaves sin reconocerlos.

El piso está ubicado en una cuarta planta. El día que llegué, dado que no hay elevador, tuve que cargar o arrastrar mis dos pesadas maletas a lo largo de la gran escalera de madera que atraviesa el edificio. En los rellanos entre piso y piso me tomaba unos segundos para descansar, luego cogía impulso y continuaba. Al llegar a la tercera planta, aprovechando que ningún vecino ni mensajero transitaba, me dejé caer en un peldaño para resoplar, sacudir los brazos, sacarme conejos de los dedos. El ritmo de mis latidos, lo noté, se había incrementado. Entre resuellos pensé que si me sorprendía un infarto fulminante los médicos de primeros auxilios tardarían un buen rato antes de encontrarme. Al mirar las dos maletas a punto de reventar por el sobrepeso noté de pronto que ya no eran meros bultos sino que habían adquirido cierta vitalidad, y ahora lucían como unas mascotas desconcertadas pero fieles que esperaban el siguiente movimiento de su dueño para avanzar en alguna dirección. Fue ahí, mirando esas maletas, mirando también los zapatos percudidos que traía puestos, que de la nada suspiré con pena. Me sentí profundamente solo, extraviado, pero sobre todo cansado, o más bien harto. Harto de mí, de mis decisiones, de deambular de un sitio a otro, de mudarme de apartamento en apartamento, de no tener un futuro concreto que ofrecerle a nadie, de ya no inspirar seguridad, de no resultar confiable ni para mí mismo, de tener cuarentaidós años y constatar que en más de un sentido continúo siendo el mismo que era a los treinta o los veinte. Uno envejece pero no cambia. O no tanto. O no tan radicalmente.

No sé, Julieta, si leerás este diario. Me gustaría: eres su única destinataria real. Lo escribí para que comprendas por qué este no fue un año sencillo. Seguramente tendrás muchas preguntas que hacerme. Cuando llegue el día, confío en estar cerca para responderlas.

[****]

Algún día te mostraré el desierto de Renato Cisneros
se terminó de imprimir en noviembre de 2019
en los talleres de
Litográfica Ingramex, S.A. de C.V.
Centeno 162-1, Col. Granjas Esmeralda, C.P. 09810
Ciudad de México.